Raphaël Meltz

Toutes les personnes

roman

Stock

L'auteur a bénéficié, pour l'écriture de ce roman,
d'une bourse Emmanuèle-Bernheim octroyée
par le fonds de dotation Vendredi soir en 2021.

Couverture Le Petit Atelier
Photographie de bande © Trodler/Shutterstock

ISBN 978-2-2340-9403-1

pour Louise

et à celles et ceux qui, comme moi,
n'oublient pas Gonzague Rambaud

1

Maxence

Je dois dire.

Tiens, c'est drôle, mes spectacles commencent toujours par *je*. J'avais remarqué ça. Je ne suis pas le seul évidemment, mais j'aime bien cette façon dont on a standardisé quelque chose dans le stand-up, le *one-man* et le *one-woman*, ce truc qui consiste à toujours tout ramener à soi. Enfin, au *je* – après, on en fait ce qu'on veut de ce *je*.

Vous enregistrez bien, là ? Je pars sur les chapeaux de roues. Enfin, façon de parler. Je suis peut-être un peu intimidé.

Mais, donc.

Je dois dire que dans mon premier spectacle, enfin le premier vraiment professionnel, j'avais dans les vingt-trois ans, je commençais en racontant l'histoire de mon prénom. Donc c'est quelque chose que j'ai déjà fait, et devant du public. À l'époque ça me faisait marrer d'en parler. Maintenant je ne ferais plus ça sur scène, je trouverais ça, quoi, trop intime. C'est là que je vois que j'ai vieilli. C'est un truc particulier, de vieillir, quand on fait ce métier. Il faut garder l'énergie de la vanne, et arriver à la mêler avec la maturité de celui qui la prononce : c'est difficile. Mais c'est idiot, je ne devrais pas dire les choses comme ça de but en blanc. J'ai du mal à me discipliner, j'aime bien les digressions, pardon.

Donc mon premier spectacle commençait sur mon prénom, le titre c'était *Max vous dit tout*. J'arrivais et je disais je m'appelle Max mais en fait non : je me fais appeler Max alors qu'en vrai mon prénom c'est Maxence. Franchement : peut-on s'appeler Maxence quand on veut être comique ? Pas involontairement, hein, j'ai pas envie qu'on se moque de moi. J'ai envie de vous faire rire juste avec mes outils, avec mon humour, vous voyez la différence ?

Attention le *vous* c'était celui adressé aux spectateurs, c'est pas à vous que je pose la question. C'est compliqué, parce c'est le même *vous* à qui je dis que je ne pose pas la question. C'est quand même bizarre qu'en français on ne puisse pas marquer la différence entre parler à une seule personne en la vouvoyant ou à plusieurs d'un coup. Mais bref, vous avez vu, je me souviens encore du texte.

C'était facile de faire rire sur mon prénom, je veux dire facile dans les deux sens du terme : quand tu es un jeune comique tu cherches des trucs immédiats, qui vont marcher tout de suite. Il faut occuper l'espace, prendre une place. Après tu as ta place, et là ça devient plus intéressant : tu peux creuser un sillon. Tu évolues dans un espace donné, tu l'agrandis en l'occupant en entier.

Ce que je ne disais pas dans mon spectacle, et ça va peut-être répondre à votre question, c'est qu'en fait cette histoire de double prénom avait commencé bien avant. Quand j'étais jeune, le monde était coupé en deux. Ceux qui m'appelaient Maxence étaient ceux que je n'avais pas choisis : mes parents, mes cousins, mes professeurs. Les autres étaient ceux que j'avais choisis – ouvrir une porte en disant appelle-moi Max : mes amis, mes amours. Il y avait bien sûr des porosités : un ami proche qui détestait les diminutifs, de pseudo-potes collants qui me tapaient sur l'épaule et les nerfs en m'apostrophant alors Max ça roule, parfois quelques doutes, mais dans l'ensemble ça tenait comme ça. Aujourd'hui ça ne tient plus du tout puisque c'est mon nom d'artiste, Max : tout le monde l'utilise. Y compris vous. Il n'y a plus que mes vieux parents qui disent encore Maxence, et c'est tout.

Max c'est pas très beau, c'est vrai. Mais Maxence tellement bourgeois. Non : tellement faussement bourgeois. Mes parents, lui était prof de collège, elle documentaliste, ils avaient cru que j'aurais un destin de quoi, de roi ? de prof agrégé peut-être, Maxence c'est sans doute un prénom pour faire une thèse. C'est ce qu'ils se sont dit. Plus exactement c'est ce qu'ils m'ont dit qu'ils s'étaient dit. Mais ça n'a pas marché. Vous pensez, vous, que votre prénom vous destinait à être ce que vous êtes ? Il y a une prédestination possible, avec votre prénom bizarre ? – remarquez, il est joli.

Finalement j'ai pas fait d'études, pas de thèse, pas d'agrégation, pas de Maxence qui réussit selon les désirs de ses parents, juste un MAX écrit en énorme sur des affiches pleines de paillettes et d'étoiles dans les rues d'un peu partout en France, vous avez vu ? MAX VA VOUS TUER DE RIRE.

J'aime bien tuer de rire. J'aimais bien le faire avant même de trouver le titre de mon nouveau spectacle. Je faisais ça depuis longtemps mais sans me l'expliciter, vous voyez, comme monsieur Jourdain qui découvre sur le tard qu'il fait de la prose depuis toujours. Ce titre, je l'ai inventé il n'y a pas très longtemps, un soir de fatigue, je cherchais des accroches, je tournais autour de ce vieux cliché, mourir de rire, mort de rire – il y avait eu les attentats, puis les litanies quotidiennes des morts du Covid, tout le monde semblait mourir et pourtant il restait plein de gens un peu partout, vivants mais comme des zombies, vous ne trouvez pas ? Alors j'ai cherché une formule autour du zombie, *Max réveille les zombies*, *Max est un zombie (et vous ?)*, *Max a vu les zombies*, rien ne marchait vraiment, trop long, trop compliqué. Je voulais réveiller les morts mais en même temps ils ne sont pas morts, ils sont vivants mais pas assez vivants, comme assoupis, donc pour les réveiller il ne me reste qu'à les tuer, c'est idiot et pourtant. Pourquoi pas. Je suis un comique, j'ai le droit de dire n'importe quoi. C'est l'avantage. *Tuer de rire*. Je vais vous *tuer de rire*. Ça marche bien. Je trouve. *Mort de rire* c'est franchement vieux, ça doit bien faire vingt ans qu'on dit ça, non ? Ou plus encore ? Et puis surtout ce n'est pas moi qui suis mort de rire, puisque moi je suis le tueur.

Ça va, je ne vais pas trop vite ? J'aime bien parler vite, ça me calme en général. Quand je suis sur scène je me domestique, un peu, mais là je me dis que puisque vous enregistrez vous pourrez faire autant de pauses que vous voulez. Et de coupes, bien sûr.

Mais, donc. Je trouve qu'il faut affronter ce qu'on fait. Assumer, plutôt. Chez les humoristes il y a deux familles : les gentils et les méchants. Moi je suis un méchant, c'est comme ça. Je n'ai pas fait exprès, c'est venu tout seul, très vite, je m'en suis rendu compte tôt, c'était quelque chose comme au CM1, j'ai compris que j'avais ça, la vanne pour m'ouvrir un espace, pour me libérer de la pesanteur du groupe, de l'hostilité toujours présente – parce que je ne suis pas comme eux ou parce qu'ils ne sont pas comme moi ? Et ensuite la construction d'une ligne, une ligne épaisse comme dans le jeu de la balle au prisonnier, d'un côté ceux que je fais rire et que je protège de mes blagues, de l'autre ceux qui sont nécessaires à mes blagues et qui me détestent. Binaire par l'humour, c'est vrai, mais est-ce que ce n'est pas le monde en général qui est binaire ? Vous en pensez quoi ? Vous croyez qu'il y a quelque chose de plus complexe que seulement deux catégories pour tout résumer, le *good cop* et le *bad cop*, le clown blanc et l'auguste, Dieu et le diable, et ainsi de suite ? Bon, c'est pas très élégant ce que je fais, j'aurais pu lire vos livres avant qu'on se rencontre, c'est sûr. J'aurais dû. Je parie que vous parlez de tout ça, de la façon dont l'humour recoupe l'organisation du monde réel. Ah j'en étais sûr. Mais alors quoi, c'est binaire ou c'est plus complexe ? Vous comprenez, c'est pas fréquent pour moi de rencontrer quelqu'un qui travaille sur le rire, ça m'intéresse de savoir ce que vous en pensez – mais oui, c'est sûr que je suis là pour répondre à vos questions. Je vais essayer de rester centré là-dessus. Promis, après je lirai vos livres.

Alors, pour moi, ce qui est le plus important c'est la liberté. C'est sans doute la chose la plus importante au monde. Vous voyez, il y a quelque chose qui m'a toujours frappé : la devise de la France on dirait qu'elle a été construite pour donner à manger à chaque catégorie politique, liberté pour la droite libérale, égalité pour la gauche solidaire, et fraternité pour le centre démocrate-chrétien. Mais moi ça ne me va pas, je me reconnais dans la fraternité et l'égalité mais ça me pose problème que la liberté soit vue comme une valeur de droite. Pour moi c'est une valeur de gauche, c'est une valeur de résistance, c'est une valeur de non-soumission : se sentir libre de ne pas obéir aux injonctions de ses parents, de son prof, de son patron, de la société tout entière. Je ne sais pas trop comment le dire, je suis un instinctif, j'ai du mal à théoriser, mais je sais que la liberté c'est crucial. Pour moi, et pour les autres. Si on n'est pas libre, on n'existe pas. On n'est rien. On ne peut pas être fraternel, on ne peut pas combattre pour l'égalité. Vous voyez ? Pour moi, l'humour a à voir avec la liberté, il y a quelque chose qui me fait échapper à toute contrainte, à tout enfermement, quand je fais rire. Et du coup aussi je libère les gens, de leur enfermement, de leurs enfermements multiples, en les emmenant vers le rire. De leur boulot, de leur famille, de toutes leurs contraintes. C'est un sentiment de grande puissance. C'est pour ça que je fais ce métier.

Vous avez vu les mains du serveur ? Ça ne m'avait pas frappé la première fois, mais là quand il vous a rapporté de l'eau chaude j'ai regardé ses mains, elles sont énormes, il a des très très grosses mains, un peu comme dans un film de super héros, on a l'impression qu'il pourrait défoncer le mur en donnant un coup de poing dessus, si, si, regardez bien, il a des mains beaucoup plus grosses que le reste de son corps. C'est bizarre, presque une difformation. Ça se dit, ça, difformation ? Ça sonne bien en tout cas.

Je vous parlais de mon CM1, j'ai fait le calcul en vous parlant : on est pile trente ans plus tard. C'est dingue : trente ans ont déjà passé. Eh bien en trente ans rien n'a changé dans mon rapport aux autres. Sauf que maintenant je suis blindé. Je me suis habitué. Je me suis construit comme ça, comme humoriste mais aussi comme humain. Il y a des gens que tu repousses, que tu déranges, qui se sentent agressés – tu n'y peux rien, tu ne le cherches pas mais ça te tombe dessus et après tu fais avec.

Évidemment les critiques c'est dur : c'est dur parce que sur les réseaux sociaux, et même dans les médias, il y a beaucoup de violence. Quand les gens ne m'aiment pas, ils me détestent vraiment : cela les met en colère. Ils s'en prennent à moi, à moi comme individu et moi comme comique, le tout mélangé parce que dans mon spectacle je mélange les deux. Sauf que comme c'est moi qui décide de le faire, je considère que j'ai le droit de jouer avec ma personnalité, avec mon identité : j'en fais ce que je veux, de mon intimité, je peux l'exposer, mais elle reste ma propriété. Un peu comme quelqu'un qui se prostitue, qui vend son corps : ça ne donne le droit à personne d'en disposer à sa guise. On doit pouvoir vendre son corps et en garder l'usage exclusif. C'est ce que je fais, moi, avec mon âme. Eh bien de la même façon qu'il restera toujours des brutes pour dire qu'une pute qui se fait violer c'est pas grave, il y a des abrutis qui se disent qu'ils peuvent se foutre de la gueule de Max puisque Max le fait. Et aussi que puisqu'il s'attaque à son public, le public a le droit de répondre : sauf que le public, c'est abstrait, c'est une notion, c'est pas une personne réelle – alors que Max, si. Max, c'est moi. C'est fatigant parfois de devoir expliquer cela. Je le faisais au début. Maintenant je laisse pisser. Je ne regarde plus les saloperies écrites sur moi.

Non c'est pas vrai : j'aimerais ne plus regarder mais je n'y arrive pas. Je suis bouffé par le besoin de regarder et de répondre surtout, de débattre avec Papouille37 qui balance *quel gros connard qui se fait du fric sur le dos des autres* ou avec J_J qui dit *non seulement le mec n'est pas drôle mais en plus il est content de lui* ou encore avec marcpetitdemange qui écrit *Max est pathétique et pénible, spectacle à fuir !!!!!* avec un nombre spectaculaire de points d'exclamation, vous avez vu, je les ai tous notés dans mon petit carnet, c'est bizarre de faire ça, non ? Le pire c'est que souvent j'écris une réponse au commentaire, sur Insta ou dans les avis Google (parce que oui j'ai découvert que j'étais noté, mes spectacles en tout cas, avec commentaires et notes aussi sur les commentaires, dans une sorte de mise en abyme épuisante, tout le monde notant tout le monde notant), je fais des phrases longues et argumentées et puis au dernier moment je me retiens de cliquer sur le bouton « envoi », je me dis que c'est pas le lieu pour discuter, les gens écrivent ce qui leur passe par la tête sans même imaginer que je vais les lire, ils ne font pas ça pour dialoguer avec moi, mais vous savez quoi, je me dis parfois que je rêverais d'une agora, d'un débat dans une docte assemblée, je ne sais pas, une synagogue ou un congrès de philosophes, un lieu de sagesse où Papouille37, J_J, marcpetitdemange et Max pourraient se parler vraiment, casser la logique d'un duel entre un comique trash et des spectateurs qui le sont dix fois plus sans vraiment s'en rendre compte. Arriver à dialoguer ensemble pour qu'on se comprenne tous, les uns et les autres. Je suis un mec gentil en fait ; un faux méchant, si vous préférez.

Un jour j'ai parlé de cela avec un humoriste, un vrai gentil lui, un type qui écrit des chroniques pour la radio toujours subtiles, toujours drôles, toujours douces – ce type, c'était, c'est encore, le contraire de moi, mais je l'aime beaucoup, je l'aime parce qu'il y a une grande intelligence dans cet humour doux, qui arrive à attraper dans le cerveau de celui qui l'écoute des choses éparses pour les rendre subtiles et drôles, et une fois il m'avait dit tu ne peux pas savoir comme je me fais insulter sur les réseaux sociaux, comme les gens me parlent mal. Là j'étais sur le cul : comment lui, le type sympa par excellence, pouvait générer de la haine ? Et pourtant c'était vrai, après j'avais passé un après-midi à naviguer et à voir que peut-être un message sur dix le concernant était non pas seulement froid ou sec mais carrément violent ; alors ça m'a rassuré, je me suis dit pas la peine d'espérer autre chose, si même les gentils reçoivent de la haine. Pas la peine de me sentir le seul bouc émissaire : nous le sommes tous.

Il m'avait dit aussi du coup je ne regarde plus rien, j'ai décidé de ne pas me préoccuper de cela, sur les réseaux je poste simplement des choses factuelles, mon actualité, mes chroniques pour la radio, mais je ne lis jamais les commentaires : jamais un seul commentaire Max, c'est une hygiène de vie et de la même façon que je ne bois plus une goutte d'alcool je peux te dire que ça fait beaucoup de bien au moral. Je me souviens que je l'avais regardé avec beaucoup d'admiration, je m'étais dit qu'il était tellement plus solide que moi, et je m'étais resservi un verre de vin.

Du coup je me ressers un peu d'eau. Vous voyez, à cause du mot je passe à l'acte. J'aime bien le lien qui existe entre la parole et le geste. La parole performative. C'est quelque chose de très particulier, dans mon métier. Essayer de changer le monde en énonçant une idée devant d'autres personnes – avec l'espoir que cette idée devienne une réalité. Vous, vous n'avez pas le droit dans votre boulot, n'est-ce pas ?

Oui je fais aussi de la radio. La radio c'est autre chose, c'est moins libre. Enfin je ne suis pas sympa de dire ça, justement moi la chance que j'ai, dans l'émission où je fais mes chroniques, c'est que je suis super protégé. Et ça c'est quelque chose qui compte pour moi. Beaucoup. Je trouve que c'est important, c'est vital même pour la bonne marche d'une société, d'une démocratie, qu'il y ait un espace pour la *méchanceté*. Sinon on étouffe.

Alors oui d'accord j'aimerais bien qu'on soit tous gentils : tous, les humains, et tous, les humoristes – mais l'humanité n'a jamais vraiment choisi de suivre un chemin qui permettait ça. Vous allez me dire quel chemin l'aurait permis ? Je ne sais pas, peut-être : pas manger la pomme, pas tuer son frère, pas coucher avec sa mère, dans je ne sais pas quel ordre, aucun de ces trois chemins-là mais aussi plein d'autres à éviter dans plein d'autres cultures, tout ce que les humains ont fait depuis les débuts de l'humanité qui l'ont empêchée d'aller bien.

J'avais un sketch là-dessus, sur la viande, vous le connaissez ? Je repartais aux tout débuts, quand l'homme ne mangeait que des petites baies et des pissenlits et je postulais qu'à cette époque les gens s'aimaient, on ne piquait pas les femmes des frangins, on ne chourait pas les cassis du voisin, on ne tapait pas sur la gueule des bambins, et puis un jour un type qui avait trop faim a pris un silex et a égorgé un lapin qui déboulait, l'a mangé tout cru et alors l'homme est devenu mauvais. Au début de cette nouvelle ère, l'homme mourait beaucoup parce qu'il mangeait de la viande bourrée de bactéries, pas de cuisson pas de frigo c'est pas bon pour l'intestin, pas grand monde ne tenait le choc, et puis ce diable d'homme rusé et stratège a découvert le feu, inventé la cuisson de la viande, éliminé les bactéries tueuses, il ne mourait plus et avait force et violence. Depuis c'est foutu, disait mon sketch au tout début des années 2010, un peu avant la grande mode du véganisme français, j'étais je le dis sans fausse modestie une sorte de visionnaire.

Bref, donc : depuis quelques millénaires, depuis le tout premier lapin dévoré, il y a de l'agressivité dans l'humanité, une agressivité réelle, celle qui se déploie dans la vie de tous les jours, qui explique les guerres, les bagarres, les haines ; et puis l'autre, son double de fiction, dans les contes, les chansons, les pièces de théâtre, puis les romans, puis les films, puis les réseaux sociaux ; cette agressivité-là moi je trouve qu'il faut l'accepter au moins quand elle est drôle. Puisqu'elle est là, puisqu'elle sera toujours là en miroir de l'agressivité réelle qui, elle, perdurera tant que l'humanité continuera à carburer aux protéines, essayons au moins de la transformer en matière à rire. Vous me suivez ? Je suis chiant avec mes digressions mais vous remettrez tout ça d'aplomb quand vous ferez la retranscription, on est d'accord ?

Moi j'essaie par la méchanceté de faire du bien à l'humanité : lui tendre un miroir, mais pas un miroir qui avance le long d'un chemin le temps d'une génération, non, un miroir à t_0. Un miroir là tout de suite : si le spectateur me trouve méchant c'est que le monde est méchant, tout simplement. Si tu ne m'aimes pas c'est que tu ne t'aimes pas. Si tu me trouves dur c'est que tu es dur. Et ainsi de suite. Simple et basique, comme disaient les jeunes il y a quelques années.

Mon deuxième spectacle c'était *Max fait mal*, j'aimais bien le titre. Brutal, percutant : c'est ce que je voulais. Le troisième c'était *Max troisième round*, l'allusion était claire. Le quatrième *Max et le maxibordel*, moi j'avais choisi *la maximerde* mais mon producteur a dit non. Il dit non parfois, il met quelques petites barrières, pas trop près de moi, mais quelques barrières qui délimitent un espace convenable, c'est sûr qu'il faut qu'il y en ait et lui les place intelligemment, à peu près. Ça me convient : je veux être libre absolument, mais je ne suis pas contre quelqu'un qui me protège de ma propre folie.

Et c'est vrai qu'à la radio aussi je suis protégé, presque sanctuarisé, quand ça tangue, et ça tangue souvent, la direction reçoit des mails, des tweets, des coups de téléphone, ça vient de partout, de gens connus et de masses d'inconnus, on me dit qu'il faudra que je fasse relire mon texte (non mais jamais, c'est un point d'honneur), on me dit qu'il faut que je domestique certains types de blagues, on propose que j'aie une chronique le dimanche à 5 h 09 le matin plutôt qu'en semaine à 7 h 56, mais jusqu'à présent j'ai tenu, disons des gens ont tenu pour moi, des gens qui n'ont l'air de rien mais qui prennent des risques et moi je leur en sais gré, quand ils montent au créneau en disant on peut critiquer Max mais Max doit rester à cette place, avec son humour, avec sa méchanceté, avec sa liberté – et Dieu sait que cette liberté je l'utilise aussi contre eux sans gêne, sans vergogne, sans limites. Je l'utilise contre tout le monde en vérité. Et contre moi aussi bien sûr. Je suis là pour ça. C'est une sorte de mission qui m'a été confiée, je ne sais pas par qui mais j'assume : je le fais. Quitte à être le bouc émissaire de mon époque. Je ne suis pas le premier à me sentir investi d'une mission particulière, certainement pas le dernier. Michel Le Fou, par exemple, c'est clair aussi qu'on peut parler de mission. Plus clair encore que pour moi. Je mesure ça au degré de la puissance comique déployée. Michel, c'est pas pareil. C'est mon maître.

Ne vous retournez pas, pas tout de suite, il y a un type vraiment incroyable qui vient d'entrer, il est accoudé au bar, attendez parce qu'il regarde dans notre direction, c'est complètement dingue, le type a un bonnet péruvien sur la tête, enfin péruvien je ne sais pas, un truc des Andes, je n'en reviens pas, plus personne ne met de bonnet comme ça à Paris aujourd'hui, c'est fou, c'est presque un miracle, ça doit faire quinze ans au moins que j'ai pas vu un humain avec un bonnet péruvien sur la tête, il faudrait que j'aille lui parler, il faut que j'aille lui dire que c'est ahurissant ce bonnet, non c'est pas le moment, mais c'est dommage, il y avait quelque chose, quelque chose à faire, quelque chose à dire, voilà vous pouvez regarder maintenant il s'est tourné de l'autre côté. Là encore, vous voyez, j'ai vieilli : avant j'aurais jamais laissé passer l'occasion, je serais allé lui parler.

Bref. Oui, on parlait de ma vision binaire tout à l'heure, et ça m'a fait penser à ce truc qu'on dit sur la différence entre clown et bouffon. Vous allez me dire que c'est évident, mais je trouve ça intéressant : le clown, c'est celui dont on rit ; le bouffon, c'est celui qui rit de nous. Et aussi, ça va avec mais c'est une sorte de conséquence parallèle : le clown est silencieux alors que le bouffon parle.

Et voilà. Il se trouve que moi je suis le bouffon. Je suis celui que le roi paie pour que je lui rentre dans le lard : sauf qu'aujourd'hui le roi c'est le peuple. Je suis payé par le peuple pour ne pas le laisser tranquille. Pour l'asticoter, le déranger, le sortir, comme le dit une expression de notre époque, de sa « zone de confort ». Le roi était seul au sommet de son pouvoir, mais somme toute le peuple aussi est seul, dans son espace démocratique il n'a pas d'opposant en tant que tel, il n'y a pas une entité qui se dresse contre le peuple, qui lui dit eh peuple remets-toi en question, ne te repose pas sur tes acquis qui voudraient que parce tu es peuple, parce que tu es masse, tu aies toujours raison. Il faut bien que quelqu'un aide le peuple à s'auto-analyser. Ce quelqu'un c'est moi. Je suis celui qui empêche le monde de baisser les bras. On n'est pas très nombreux à jouer ce rôle – et franchement on devrait être plus soutenus parce que c'est un sacré boulot. Je veux dire : je gagne bien ma vie mais je trouve que je devrais recevoir des compensations particulières parce que c'est usant d'aider le monde comme je le fais. Vous me direz, il y a plein de gens qui aident le monde de façon plus immédiate, les profs, les infirmières, les éboueurs, c'est vrai – c'est épuisant leurs boulots je suis d'accord mais moi c'est une fatigue psychologique, je dois accepter de me dresser contre le monde pour l'aider. C'est pas toujours évident je vous assure. Cela dit c'est pas avec du fric en plus que je pourrais être récompensé pour ça.

Sur le bouffon il y a cet autre truc, et là pour moi c'est crucial : le bouffon n'a pas besoin de plaire, il n'a pas besoin de l'adhésion de son public, le bouffon s'adresse à un au-delà, dès le début il sait que ce qu'il a à dire n'a pas forcément vocation à être compris, n'a pas obligatoirement besoin d'être compris, il cherche un absolu, un genre de Dieu pour qui est croyant ou sinon d'infini, le bouffon se fout de son public du moment, le public est tellement contextuel, ramenable à un lieu, à une époque, à un ton, le bouffon, lui, cherche l'universel, l'universalité, cherche la forme ultime, la parole qui n'a pas besoin d'être entendue, d'être comprise – mais dans un futur idéal, dans un infini envisageable, cette parole finira par être nécessaire. Et alors elle pourra être entendue. Sauf que si ça se trouve, le bouffon ne sera même plus là. Ne connaîtra jamais le temps où sa parole finira par être acceptée parce qu'elle apportait quelque chose. Au peuple, donc. C'est un peu vertigineux pour moi – ceux qui me détestent aujourd'hui finiront par me célébrer, eux ou leurs descendants. Vous voyez : un peu comme Van Gogh. C'était une sorte de peintre bouffon, ayant raison contre le monde avant que le monde finisse par s'en rendre compte. Trop tard. Pour lui, en tout cas.

Et ne me parlez pas de mépris social : quand je dis le peuple, c'est l'humanité dans son entièreté, et pour moi comique français c'est le public de mon pays, toutes classes confondues. C'est un truc d'ailleurs que j'aime dans mon métier : toutes les classes sociales aiment rire, les riches les maigres les cons, tout est mélangé c'est sympa. Tous à écouter mes blagues de bouffon. Ou alors tous à m'en vouloir de les faire rire avec cette cruauté. Mais tous, quand même, à rigoler. Contre moi ; grâce à moi.

J'essaie de faire des grands discours mais devant vous c'est un peu ridicule je m'en rends bien compte, pardon hein, en même temps c'est vrai que ça me passionne d'essayer de comprendre pourquoi j'en suis là, ce que je fais de ma vie, ce que je cherche depuis si longtemps. Alors aujourd'hui je profite que vous soyez là.

C'est drôle – non, *drôle* n'est pas le bon terme, en général j'essaie d'éviter d'utiliser l'expression *c'est drôle* quand je parle, vous comprenez pourquoi, être drôle c'est mon projet, ça ne peut pas être une expression comme ça en passant, mais peu importe. Ce qui est drôle, dans le sens de ce qui est étonnant, c'est que ma vie amoureuse s'est construite dans la même difficulté, dans le même problème d'incompréhension : la recherche d'un absolu que je paraissais être le seul des deux à viser, à vouloir atteindre. Quel est le mot pour désigner le bouffon au sein d'un couple ? Celui qui ne cherche pas à plaire mais qui cherche à atteindre quelque chose d'ultime, qui sacralise l'amour et le couple et voit chaque obstacle vers le climax permanent comme une horreur qu'il faut détruire, comment y arrivera-t-il s'il est le seul des deux à chercher cela ?

Je m'écarte.

Mais.

C'est vrai que c'est le même problème en fait.

Et pour le coup dans ce domaine-là ça n'a jamais marché, j'ai cumulé les échecs, chaque histoire se brisait, parfois très vite, parfois plus tard, mais se brisait toujours sur les mêmes enjeux, les mêmes logiques, l'incompréhension que la personne que j'aimais et qui m'aimait n'ait pas envie de tout sacrifier à la réussite de l'amour. Il y a eu Sandra, il y a eu Pauline, il y a eu Sophie, et d'autres, moins longtemps : toujours le même schéma, la croyance au début quand l'autre aussi est dans le passionnel, mais en phase deux je reste seul à croire à une passion permanente, comment ça pourrait durer ? Ça n'a pas duré. Pardon pour ce moment intime, mais vous ne garderez rien de tout ça, hein ? Je ne sais pas pourquoi j'ai dit les prénoms, c'est idiot.

La seule chose qui compte vraiment, c'est mon métier. Être comique de profession. Ça fait presque vingt ans. C'est le seul ciment de ma vie en réalité. J'aime tellement la scène. J'aime cette rencontre incroyable entre ma solitude éclairée et la foule dans l'ombre : je n'ai personne à ménager sur scène, pas de partenaire (ce drôle de mot du théâtre qu'utilisent certains dans leur vie de couple ou sexuelle), personne avec qui je dois composer, avec qui je dois chercher un équilibre. J'ai essayé une fois, un spectacle à deux, avec un jeune comique que j'aimais beaucoup et à qui j'avais proposé qu'on monte quelque chose. Vous aviez vu ça, *Max et Youri contre le reste du monde* ? Notre spectacle était drôle, honnêtement : il n'y a pas longtemps j'ai revu la captation et ça m'a bien fait rire, lui était le jeune provoc et moi le vieux casse-couilles, le duo marchait bien, les vannes rebondissaient, quelque chose de la puissance de l'humour se nourrissait du fait d'être deux, une sorte de chambre d'écho, le corps de chacun des deux comme amplificateur des blagues de l'autre – mais sur scène pour le jouer c'était autre chose, ça me bouffait énormément d'énergie de devoir me concentrer sur une forme de réglage commun, trouver un rythme à deux, une intensité commune, comme une sorte de radio que tu ne pourras régler qu'en même temps qu'une autre radio, ça ne me convenait pas, j'adore régler mon tuner avec une précision infinie mais comment partager cela ? J'ai arrêté assez vite – lui m'en a voulu d'ailleurs, il adorait ce duo et le succès qu'on avait ensemble, mais ce n'était pas seulement une histoire de notoriété, il aimait cette fraternité du spectacle à deux, d'ailleurs après il a glissé vers le boulevard, vers des comédies de troupes un peu débiles mais explosives typiques du théâtre privé français – là il a retrouvé ce corps commun de plusieurs individus sur une même scène.

Moi j'ai continué seul. J'arrive seul sur scène, et je construis seul mon univers du point zéro au point final : mon spectacle est écrit mais il y a beaucoup de liberté, beaucoup d'espaces que je peux conquérir, beaucoup de divagations que je peux suivre, de bifurcations avant de retomber sur mes pieds et c'est seulement mon humeur du jour qui écrit cela. Je n'ai personne à suivre, personne à précéder, personne à prendre en compte : mon énergie comme unique guide. Mon humeur pour nourrir mon humour. Mes désirs comme lignes. Je suis comique moi, pas acteur : c'est pas la même chose. Il n'y pas de personnage à incarner : c'est juste moi. Moi et en face le public à faire rire.

Je reprends un dernier café. Si ça vous embête pas. D'avoir une tasse dans les mains ça me permet de me concentrer. C'est particulier comme exercice ce que vous me faites faire, vous savez. Enfin vous vous avez l'habitude, vous êtes comme l'escrimeur gaucher qui passe son temps à faire des combats avec des droitiers : pour lui c'est classique alors que pour les droitiers d'être face à un gaucher c'est une difficulté parce que c'est rare. C'est complètement asymétrique quoi. Vous faites un métier asymétrique, je ne vous félicite pas. Moi aussi, c'est vrai, d'accord.

Ce que j'aime le plus sur scène évidemment c'est la puissance des émotions, la façon dont ma peur, mon vieux trac qui ne s'en va jamais tout à fait, est petit à petit noyé par le tryptophane, l'acide aminé fabriqué par les muscles et par le foie en situation d'effort et qui va permettre au cerveau de produire la fameuse sérotonine qui fait du bien au moral – vous avez vu, je m'y connais hein ? je me suis renseigné vous pensez bien. J'ai essayé le sport, mais je m'ennuie tellement vite, ça ne va pas. Il n'y a que sur scène que je ressens ça, une telle modification de mon état d'esprit sans l'injonction d'une quelconque substance artificielle ; je suis mon propre dealer, mon propre fournisseur de ma dose de bien-être. C'est drôle, je m'imagine toujours quelque chose, mais là c'est pas scientifique, je sais bien que c'est de la pensée magique : quand je suis sur scène, je fais rire les gens alors ils génèrent des hormones de bien-être qui dans un premier temps les unit dans la salle et ça finit par monter sur scène, une sorte de nuage de sérotonine qui m'enveloppe et me gonfle comme un bibendum qui se prend des bouffées de pompe à vélo pour garder une apparence gonflée joyeuse, et ça tient tout le spectacle.

Je ne peux pas m'en passer. Il y aura toujours une prochaine fois. Je peux me passer d'amour, je peux me passer de sexe, je peux me passer d'amitié, je ne peux pas me passer de ça.

C'est un peu trop intime quand même tout ce que je vous raconte là. Vous me ferez relire ce que vous allez utiliser, on est d'accord ? J'aime bien vous parler mais là je dis beaucoup beaucoup plus de choses que d'habitude – bon cela dit d'habitude c'est pour *Télé Star*.

Est-ce que tout ça fait de moi un comique heureux, honnêtement je ne sais pas, en fait je répondrai autre chose, je dirai plutôt que je ne cherche pas à atteindre le bonheur, que je ne cherche même pas à le définir ; ce que j'ai toujours cherché, c'est la liberté, la définir et l'atteindre, ça m'a semblé primordial, crucial, depuis mon enfance avec les profs qui voulaient m'enseigner les bonnes façons de faire (un exo de maths, une rédaction, la dissection d'une grenouille) mais leurs façons me semblaient beaucoup moins efficaces que ma propre technique, jusqu'à ma vie de jeune humoriste où on me disait (mon premier producteur, des « amis » dans le milieu) que je devais me policer, faire plus de télé, plus de radio, moins de trash dans mes textes et je les regardais affligé : pourquoi voulez-vous me dire ce que je dois être alors qu'il n'y a que moi qui sache ce que je cherche à devenir ?

J'ai bâti ma liberté, méthodiquement : en arrêtant mes études juste après le bac (je ne voyais pas l'utilité de continuer vu le métier que j'avais décidé de faire), en changeant de producteur quand je me suis rendu compte que le premier ne comprendrait jamais mes choix, en arrêtant de voir mes « amis » de l'époque qui refusaient d'admettre que j'étais ce que j'étais et pas ce qu'ils voulaient que je sois.

J'ai réussi. J'ai quarante ans et j'ai réussi à me bâtir un univers qui me convient parfaitement, dans lequel je suis entièrement moi-même, sans compromis, sans faiblesse, sans attente, sans rien de trop bizarre dans ma tête.

C'est bien, non ? Vous qui voyez beaucoup de comiques, vous me mettriez où sur une échelle de 1 à 100 où 1 est le pire et 100 le meilleur ? Moi je dirais 75.

C'est difficile de s'auto-évaluer – là c'est parce que je vous parle, qu'il y a tout ce dispositif d'entretien, que je m'interroge sur moi. Sinon ça m'arrive comme tout le monde quand je prends ma douche ou que je marche dans la rue, mais ça ne va jamais très loin. Je crois que c'est parce que j'ai besoin du langage. J'ai besoin de parler pour penser, or je vis seul, donc je pense peu. Disons que je verbalise peu mes pensées ; sauf avec mes spectacles bien sûr, ou mes chroniques. À ce moment-là je pense j'écris je dis, c'est une trinité que j'aime énormément.

Mais justement mes spectacles je les trouve encore trop nourris de matière, de matière organique, de matière vivante, de la mienne et de celle d'autres individus – moi, ce qui me semblerait classe, ce que j'aimerais faire, c'est un spectacle sur rien, un spectacle qui tienne par la seule force de son humour. Vous avez capté le clin d'œil, c'est bien, je vois qu'on ne peut rien vous cacher : oui j'aimerais être le Flaubert de l'humour, d'ailleurs j'adore l'idée du gueuloir, quand j'écris des sketchs ou des chroniques je les crie dans mon appart pour vérifier que ça marche bien. Mais donc oui j'aimerais écrire un spectacle sur rien, un truc qui ne fasse pas réfléchir mais simplement rire. Rire pas sur des humains, pas sur moi ; rire sur rien. Ce serait incroyable. J'y travaille. J'en suis loin encore. Mais j'ai envie d'y arriver. On verra.

Ah et une dernière chose que j'aimerais dire, on peut se tutoyer maintenant, non ? Ça fait des heures que je raconte ma vie dans ses détails les plus intimes, je pense qu'on a le droit de passer au tu. Donc, un truc que j'aimerais te raconter : je ne suis pas sûr que ça soit utile pour tes recherches, mais on ne sait jamais. Ça dit quelque chose, sur moi, sur le rire, il me semble. C'est peut-être un peu psycho mais bon. Tu me diras ce que tu en penses.

Souvent il m'arrive ça :

Derrière une vitre un homme, qui n'est ni grand ni petit, mais qui est un homme, les cheveux un peu longs, les yeux étincelants d'humour (je ne vois pas comment le dire autrement), un homme parle et autour de lui des gens rient ; ce n'est pas seulement qu'ils rient, c'est qu'ils sont fascinés, certains ont peut-être un peu peur, je ne sais pas, mais en tout cas lui n'arrête pas de parler, c'est comme un flux permanent – il parle et je n'entends rien, il est derrière cette vitre, triple vitrage au moins puisque je n'entends aucun bruit, j'essaie de lire sur ses lèvres mais il parle trop vite, il bouge dans tous les sens, c'est un minuscule farfadet, un gigantesque géant, je ne saurais pas le décrire, je ne l'ai jamais rencontré, je n'ai jamais parlé avec lui, j'aimerais tellement, j'aimerais tellement rire surtout, rire comme ceux qui l'écoutent et qui semblent si heureux, emmenés si loin par son humour, par la puissance de sa parole.

Et ensuite quand je me réveille toujours la même question : pourquoi ce rêve ? C'est pour dire que moi je ne suis pas assez drôle ? Mais dans ce cas-là pourquoi ce qui me fait envie dans le rêve c'est de rire et pas de faire rire ? Pourquoi ?

Bon. Voilà. On a fait le tour, je crois. Je ne vois pas trop ce que je pourrais dire encore.

On s'arrête là ?

2

Marcia

Tu es entrée dans la vie de Maxence d'une façon si banale – mais combien d'humains se sont connus de façon inattendue, apparition au milieu d'un désert, substitution imprévue, aéronef s'abîmant en douceur dans le jardin de son futur amour ? C'est plutôt rare.

Tu lui as envoyé un mail. Tu t'es présentée, sagement, professionnellement, comme tu sais si bien faire, et tu as parlé de l'objet de ta recherche. Tu lui as écrit qu'il te connaissait peut-être de réputation. Et en effet il te connaissait. De réputation. C'est étrange, d'être connue avant de rencontrer quelqu'un. Tu le connaissais lui aussi, évidemment, sinon tu ne l'aurais pas contacté : c'est tout aussi étrange de connaître quelqu'un avant de le rencontrer.

Tu es une sociologue spécialisée dans le rire. Sociologue n'est pas vraiment le bon terme, mais tu l'as choisi comme pis-aller. Historienne du rire ? Spécialiste du rire ? Anthropologue du rire ? Tout est oxymore pour qui fait de la recherche sur l'humour.

Combien de colloques d'un ennui confondant as-tu fréquentés sur ce thème ; combien de neurobiologistes sinistres ont pris la parole sur ce sujet ; combien d'analyses étrangement rigides as-tu lues sur cette notion. Combien de milliers de fois as-tu écrit le mot *rire*, le mot *humour*, sans, évidemment, ni rire ni faire rire. Tu as écrit quatre-vingt-neuf articles dans des revues universitaires à comité de lecture, et cinq livres, sans compter un « Que sais-je ? », celui qui fait autorité depuis près de quinze ans sur le sujet. Celui que les étudiants de psycho achètent quand ils ont un cours sur l'humour ou ceux de médecine sur les zygomatiques ou ceux de socio sur la distraction. Celui qu'offrent à Noël à des oncles vaguement marrants des neveux sans imagination. Celui qui se trouve dans toutes les bibliothèques municipales de France. Celui qui s'est vendu à plus de cinquante mille exemplaires en sept éditions.

Avec ces six livres et ces quatre-vingt-neuf articles, tu as dit tant de choses sur le rire, tu as nourri tant de rayons de tant de bibliothèques de tant de villes, de tant d'universités, de tant de gens cultivés et sérieux. *Le Rire du clown. Épistémologie du fou rire. Neurones miroirs et humours complices. Le rire a-t-il un avenir ? Rire, pourquoi ?*

Ce dernier livre, tu aurais peut-être dû l'appeler plutôt *Rire, et après ?* Et après ? Et après, tu feras quoi ? Toujours la même chose : cela fait plus de vingt ans que tu mènes ces recherches ; il n'y a aucune raison que cela cesse. C'est devenu ton métier. Ta vie. Tu travailles sur le rire. Autour du rire. Tu consacres ta vie au *rire*. Est-ce que cela veut dire que ta vie est drôle ? Peut-être. Sans doute que plus souvent que d'autres tu rencontres matière à rire. Tu vas voir des spectacles d'humoristes, tu regardes sur ton ordinateur des jeunes faisant du stand-up dans plein de pays du monde, tu écoutes à peu près tous les jours l'ensemble des chroniques amusantes que la radio française produit en flux continu.

Mais cette matière tu dois la disséquer. Tu la dissèques, sans cesse. Et à trop malaxer le réel, à trop l'interroger, il perd sa pureté. Il perd son immédiateté. Ta vie, pourtant construite autour du rire, est terriblement sérieuse. Une vie d'universitaire, au milieu de laquelle tu te trouves : cela fait une vingtaine d'années que tu as soutenu ta thèse ; dans une vingtaine d'années ce sera la retraite. Et le long de cette route les étapes se succèdent dans un ordre classique, écrit à l'avance : un poste à la fac ; un détachement au CNRS qui te permet de te consacrer uniquement à tes recherches ; un jour peut-être un cours au Collège de France, lequel n'a jamais eu le rire à son programme, ce serait bien que cela arrive, on t'a fait comprendre que cela allait arriver, et que le jour où cela arriverait ce serait toi qui en serais chargée. Tout, donc, est parfaitement balisé. Pas de chausse-trappes, pas de pièges, pas de surprises, pas de demi-tours inattendus, de brusques virages en épingle.

C'est comme ça que tu as trouvé ton équilibre. Ton équilibre intime. Et c'est ce qui est le plus dur au monde, trouver son équilibre. Surtout quand on est tellement sensible que tout est toujours matière à déséquilibre. Surtout pour toi, donc. Il y a des gens dont la vie s'est toujours écrite de façon stable, les deux pieds bien campés sur un sol ferme et une route à peine courbée ; d'autres en secousses toujours, sur un fil tortueux et semblant prendre à chaque virage un visage inconnu, accidenté et retors. Quand on se sort de ça, on n'a vraiment pas envie d'y revenir.

C'est pour ça sans doute que dans ta vie de tous les jours tu ne te préoccupes pas trop de ton corps – et tant de ton cerveau. Ce n'est pas que tu n'as pas de sensations, pas de sensibilité, pas de sensitivité, c'est simplement que tu fais tout pour les repousser loin de toi. Pour te concentrer sur la part théorique de ta vie plutôt que sur sa matérialité : lorsque tu vas assister à un spectacle tu ne fais pas du tout attention à ton état de forme, au toucher de ton siège, au parfum de la spectatrice assise un rang devant toi – tu te concentres entièrement, totalement, sur ta pratique analytique, sur ce qui se déploie devant toi non pas en tant qu'être humain mais en tant que grille d'interprétation. Tu as pris l'habitude, avec le temps, de garder certaines portes fermées à double tour. Tu es en retrait ; pas en ce qui concerne tes capacités, ce que tu es capable de faire, mais en retrait de ta présence au monde.

La façon dont il faut s'habiller, se coiffer, les petits jeux d'apparence traditionnels, tout ça t'indiffère. Pareil les jeux de position : ta place dans le champ universitaire, les manœuvres pour valoriser son travail, les stratégies de pouvoir ne t'intéressent pas – tu vois autour de toi tant d'autres chercheurs se démener pour exister professionnellement, pour monter en grade, pour occuper l'espace médiatique ; toi ça t'est complètement égal.

Les seules relations que tu pratiques au quotidien, ce sont celles qui t'unissent aux petits objets : tu aimes bien avoir quelque chose en main toujours, un stylo, une bague que tu as retirée de ton doigt, une clé – n'importe quoi en réalité, n'importe quoi que tu vas manipuler, doucement, mais fermement, pour garder un contact avec la réalité. À force de construire des échafaudages analytiques, des schémas d'interprétation sociologiques qui te permettent de ne pas trop engager ta vibration intime, tu as tendance à t'éloigner du réel, et ce petit objet, là, au bout de tes doigts, tu le conçois comme un rappel que tu ne dois pas trop t'éloigner. Qu'il faut rester de ce côté-ci de la barrière.

C'est étrange : ta sensibilité est si forte qu'elle est comme absente ; un peu comme, symétriquement, un froid tellement intense qu'il en devient brûlant.

Un jour donc tu as écrit à Max – tu entamais une nouvelle recherche, sur la question des hommages et des références dans l'humour contemporain, tu trouvais intéressant d'aller interroger les humoristes d'aujourd'hui, pour voir dans quelles généalogies ils s'inscrivaient, tu voulais savoir s'il existait des transferts générationnels simples à calibrer : tu devais écrire une intervention pour un colloque sur les transmissions dans le champ artistique, et comme souvent dans ce cas-là quelqu'un avait proposé que tu consacres une étude aux artistes du rire.

Tu as proposé à Max un café parisien comme lieu de rendez-vous, vous vous êtes salués comme le font une sociologue et son objet d'étude, sagement, professionnellement, tu as allumé ton dictaphone et tu lui as posé une première question, sur son nom d'artiste, une bonne entrée en matière pour parler art et filiation, mais petit à petit l'entretien a dérivé, Max a parlé de plein de choses qui n'étaient pas le sujet de ta recherche, et tu as choisi de ne pas l'interrompre, tu l'as laissé dire, tu l'as relancé même, c'est ton habitude de sociologue, tu aimes recueillir du matériau qui ne servira pas forcément tout de suite, pas forcément pour cet article-là, tu te vois aussi comme une mémoire de tout l'humour français contemporain, et tu as eu envie d'écouter Max te parler de tout, tu as suivi sa dérive, son étrange façon de parler un peu bourrine et profonde en même temps, son intelligence instinctive et ambitieuse avec force détours décalés. Tu t'étais empêchée de jouer avec la petite cuiller de ton thé, tu avais un crayon en main pour prendre des notes en même temps que tu enregistrais, ça t'allait très bien comme ça.

À un moment tu as raccroché les wagons de ta recherche, tu lui as posé la question de ce qu'il aimait écouter dans son adolescence et il t'a parlé (ce n'était pas une surprise, évidemment, il y avait déjà fait référence plusieurs fois dans des interviews) de Michel Le Fou, il t'a dit que quand il était jeune, avant même ses vingt ans, quand il commençait à essayer d'être humoriste, que la journée il bossait à la billetterie d'un musée, et que le soir il allait jouer dans de minuscules salles avec un ou deux spectateurs, la Cantada à Belleville ou des scènes ouvertes où il avait droit à seulement un sketch, c'était vraiment les tout débuts de sa vie professionnelle, avant donc *Max vous dit tout*, eh bien à cette époque il écoutait ce que faisait Michel Le Fou à la radio (il avait un petit poste de radio FM avec une oreillette pour écouter le moment où Michel Le Fou faisait sa chronique, un peu avant midi, à cette heure-là il n'y avait pas trop de public au musée), et aussi il regardait en boucle ses spectacles qui étaient sortis en cassettes vidéo, et il était allé voir *Toutes les personnes* dès la première année, c'était en 2001, ou en 2000, plutôt en 2000, il l'a créé en 2000, c'est ça, non ?

Max t'avait regardée et avait attendu que tu confirmes, que ton savoir universitaire lui donne une réponse fiable, sérieuse, carrée, or la date tu la connaissais très bien, la date exacte c'était le 13 avril 2000, tu aurais pu le lui dire, tu aurais pu aussi lui dire que cela faisait presque deux ans que tu partageais la vie de Michel, que ce spectacle ce n'était pas comme universitaire que tu le connaissais le mieux mais bien comme être humain puisque tu l'avais vu naître, tu avais souvent donné ton avis au moment de l'écriture, somme toute ce spectacle portait quelque chose de toi en lui – mais tu n'avais rien dit de tout cela à Max, tu venais de le rencontrer, tu étais en entretien avec lui, tu savais que tu allais décrypter les bandes un peu plus tard et que tu ne voudrais pas t'entendre parler de toi, de ton intimité. Hors de question. Tu as dit oui 2000, début 2000 oui.

Tu avais vingt-cinq ans. Et Max, Max qui est un comique qui a de la bouteille, qui occupe l'espace médiatique depuis un long moment, Max est un petit peu plus jeune que toi : en te parlant du printemps 2000, il t'a dit j'étais un gamin, j'avais vingt et un ans.

Il avait vingt et un ans et tu en avais vingt-cinq, ce n'est pas si différent mais tout de même. Tout de même : à ce moment-là de l'entretien tu as pensé, très précisément quand il t'a dit vingt et un et que tu as calculé combien pour aller à vingt-cinq tu as pensé *c'est moi l'aînée* et puis tu t'es sermonnée, tu étais agacée par toi-même et tu as dû faire un effort pour te concentrer à nouveau sur ce que te disait Max, il s'était mis à parler de ses parents, qui n'avaient aucun sens de l'humour, ils n'écoutaient jamais de comiques, sauf vraiment par hasard s'ils tombaient sur quelqu'un à la radio, je ne sais pas, Coluche ou Desproges, ils prenaient toujours un air affligé et soupiraient, même pas avec colère, plutôt comme des gens se demandant à quoi bon. À quoi bon tenter de nous faire rire puisque ça ne marche pas. Et Max a ajouté : évidemment parfois je me dis que quelque part j'ai cherché à les faire rire. À être le premier comique qui réussisse à les convaincre de l'intérêt de l'humour.

Tu as acquiescé avec intérêt, même si ça dérivait vers un peu de psychanalyse de comptoir pourquoi pas, y a-t-il tant de différence avec ton métier de sociologue de foire, et tu as demandé à Max : et alors vous les avez fait rire ?

Je ne suis pas sûr. Je les ai vus rire à certains de mes spectacles mais c'était plutôt sans doute pour me faire plaisir. Par une forme de politesse. Ou d'entraînement un peu nerveux – à ce moment-là tu t'es débranchée de nouveau, c'est quelque chose que tu sais très bien faire, faire semblant d'écouter en attrapant un mot sur dix et en pensant à autre chose en même temps, donner l'illusion d'une écoute attentive qui te permet de laisser ton cerveau vaquer à tout autre chose, tu n'allais quand même pas écouter Max t'expliquer le phénomène du rire collectif, les neurones miroirs comme explication au fou rire, si ça se trouve c'était un truc qu'il t'avait entendue dire à la radio ou à la télé, quand ton livre *Le rire a-t-il un avenir ?* avait été tellement médiatisé, la France s'interrogeait beaucoup (s'interroge toujours) sur sa difficulté à être encore heureuse, joyeuse, insouciante et tu avançais plein de pistes pour expliquer cette forme de dépression ayant saisi le pays à la fin des Trente Glorieuses, parmi lesquelles la question de l'individualisme de la société, les gens se renfermant plus chez eux, d'abord avec la télévision puis ensuite avec tous les autres écrans connectés, perdant l'habitude d'être en groupe, et du coup de rire, car il est démontré que la quantité de rire global est directement liée non pas à la qualité de la blague mais à la quantité de personnes prêtes à rire ensemble, Max a ajouté mais en fait c'est votre travail d'analyser ça, je suis en train de vous expliquer votre propre sujet de recherche, un peu comme si un freluquet regardait Einstein en 1906 en lui disant tout est relatif mon pote je t'explique.

Tu as ri.

Tu as terminé l'entretien.

Tu as vu d'autres humoristes, y compris pas mal de femmes de moins de quarante ans, toute une génération qui débarque dans le champ de l'humour, lequel, comme finalement la plupart des champs artistiques, a mis un temps infini à s'ouvrir – combien de générations pour passer d'une libération symbolique à une liberté réelle, pour occuper des places théoriquement ouvertes aux femmes mais qui en pratique ne l'étaient qu'à peine, jusqu'aux années 2010 où tout à coup plein de femmes se sont autorisées à faire du stand-up, à balancer des grossièretés, à dire du mal d'elles-mêmes ou des autres – ce qui fait du champ de l'humour aujourd'hui un des rares, dans le domaine culturel, où la diversité de la population est effectivement représentée de manière juste : diversité sociale, raciale, de genre. Sur cette question des femmes, tu as d'ailleurs un projet de livre, *Le Rire féminin*, ou alors *Un rire genré*, ou encore *Humour et Patriarcat* (un peu trop clivant comme titre quand même, non ? tu n'es pas non plus une pasionaria du rire féministe, tu restes une docte professeure préférant la science à la militance), ce sera pour dans deux ans : ta vie est très planifiée, tu as un document sur ton ordinateur qui s'appelle « Les grandes lignes de mon travail » (au début tu l'avais intitulé « Les grandes lignes de ma vie » ; à l'époque tu vivais avec Michel et il t'avait dit ça ne t'angoisse pas de fixer les grandes lignes de ta vie dans un document word, et à la fois parce que en effet ça t'avait semblé un peu inquiétant mais aussi, surtout, pour lui plaire, tu avais remplacé la *vie* par le *travail*) et ce document word trace à grands traits tout ce que tu as prévu de faire, d'écrire, les colloques auxquels tu vas participer, les spectacles que tu veux aller voir, bref toute ta vie de travail dans un seul document qui est construit en ordre chronologique inverse et qui commence dans le futur, dans six ans (6 !), avec une somme simplement intitulée *Le Rire, le monde* que tu as décidé de faire paraître pour tes cinquante ans, puis dans trois ans, l'organisation d'un colloque, et dans deux ans, le livre sur les femmes, et le mois prochain, et la semaine prochaine, et puis tout ce que tu as fait jusqu'à présent (tu corriges et précises aussi le passé, c'est donc à la fois un programme et une rétrospective) : tout en bas du document, la toute dernière ligne, donc, est datée février 2002, la soutenance à Paris-I de ta thèse en sociologie intitulée *Fou rire ou rire du fou ? Une épistémologie de la folie dans l'humour, XIX-XX*e *siècles.*

Tu avais hésité à demander à Michel de ne pas venir, tu avais peur d'être non seulement troublée par son écoute (mais ta thèse il l'avait lue, il t'avait déjà félicitée, tu ne pouvais pas craindre qu'il te trouve bête ; mais malhabile à l'oral, pas assez brillante ou charismatique, ça, oui, ça te faisait peur) mais aussi que sa présence génère des choses *extra*-ordinaires – et ça n'avait pas manqué, un vieil universitaire, cravate et air sec, avait dit mais nous avons la chance d'avoir un de vos sujets d'étude avec nous aujourd'hui, nous pourrions peut-être lui demander quel regard il porte sur votre analyse de son propre travail ; ce vieil universitaire savait, tu en étais presque sûre, que Michel et toi vous étiez ensemble, il avait envie de se faire mousser, d'être celui qui passe la parole au célèbre Michel Le Fou, l'un des quatre-vingt-seize humoristes évoqués dans la thèse, ce n'est pas si fréquent d'avoir un sujet d'étude présent à une soutenance.

Michel avait parlé. Il avait dû parler. Il avait dû chercher le ton juste, évoquer ton travail avec intelligence mais aussi avec humour, ne pas se prendre au sérieux tout en te prenant au sérieux, et il avait réussi : quand il l'était, il était vraiment un être idéal, absolument parfait, brillant et solaire. Il l'était ce jour-là, il avait fait rire la salle à gorge déployée tout en rendant hommage à ton intelligence analytique et à tout ce que tu lui avais fait comprendre sur sa propre pratique de l'humour, pas seulement dans la thèse, dans vos discussions répétées, c'était assez clair pour tout le monde que dans ces allusions à vos dialogues, il parlait d'une vie commune, mais même le vieil universitaire avait su ne pas en rajouter sur cette thématique et la question suivante venait d'un spécialiste de l'histoire de la psychiatrie, là on allait parler du rire à Sainte-Anne : retour à la science classique.

Ça fait presque vingt ans : tout en bas de ton fichier word. Tout en bas de ces quatre-vingt-sept pages qui résument l'ensemble de ta vie.

De l'autre côté, presque tout en haut cette fois, puisque le fichier te sert aussi d'agenda, tu avais noté la date de la création de *Max va vous tuer de rire* avec un petit signe typographique, le signe paragraphe, §, pour dire c'est hypothétique, ! voulant dire c'est sûr, et ~ ça sera non, là c'était § et tu as décidé que l'hypothèse allait devenir réalité, § devenu !, tu es allée à la première, tu aimes bien voir un spectacle à son tout début puis vers la fin, en tout cas après quelques dizaines de représentations, tu as un grand cahier où tu notes tes impressions et tu compares, tu avais mis cela au point pour un article dans les *Annales* qui s'intitulait « Structuration d'un spectacle humoristique par les représentations, trois études de cas », là c'était une discipline de fer, tu avais vu quatre fois chaque spectacle avec toute une série de critères (comparaison du texte, mesure de l'intensité des rires et applaudissements, entretiens semi-directifs à la sortie avec une quinzaine de spectateurs à chaque fois) : cet article avait d'ailleurs ensuite été utilisé par au moins un producteur de spectacles qui avait chargé une étudiante de socio en stage (elle te l'avait raconté lors d'un colloque) d'en tirer des trucs utilisables pour les auteurs et metteurs en scène. Vous aviez ri, elle et toi, de la façon dont la recherche universitaire peut finalement servir aux objets analysés plus encore qu'aux autres analyseurs – et vous aviez ri aussi de la petite fiche super pratique et efficace qu'elle avait mise au point ; fiche que tu avais fini par réintégrer dans un article ultérieur sur la façon dont les humoristes contemporains s'intéressent réflexivement à leur pratique professionnelle, les spectacles qu'ils vont voir, les discussions qu'ils ont avec leurs homologues, et donc l'intégration d'un travail universitaire dans leur manière de concevoir leurs spectacles. Tant de circularité (c'est ta vie, toujours).

Au spectacle de Max, tu as beaucoup ri. Tu as accepté d'être *tuée de rire*. Tu as cette qualité d'avoir encore, toujours, envie de rire, de savoir profiter de l'humour qui est là, offert à qui sait l'entendre – tu n'es pas la seule, tu ne cesses de mesurer combien les Français continuent à se nourrir de rire, certes par des canaux toujours renouvelés (tu suis une centaine de comptes Instagram dédiés à l'humour) mais aussi dans les bons vieux spectacles : la première de *Max va vous tuer de rire* était dans une salle à Noisy-le-Sec, salle moyenne, dans les quatre cents personnes, et c'était rempli et les gens ont ri, ils se sont fait un peu maltraiter par Max mais ils ont ri, tu as pris des notes, tu as un projet d'article (« dans huit mois » dans ton fichier word) sur les évolutions de l'humour par tranches de vingt ans, des années 1980 aux années 2000, des années 2000 aux années 2020. Des comiques de ton enfance aux comiques de ta jeunesse, de ceux de ta jeunesse à ceux de ta vie d'adulte : le rire a tellement changé. Et toi ?

Toi aussi tu as tellement changé – et si peu.

Être différente, c'est quelque chose qui a toujours été au cœur de ta vie. Alors, être différente de tes premières différences, pourquoi pas. Ne plus être perdue parce que tu ne sais pas quelle place tu dois occuper – être, enfin, à une place. Être devenue la « meilleure spécialiste française du rire », comme l'écrivent les revues universitaires tout comme les journaux grand public, cela signifie quelque chose, nécessairement – quoi que tu puisses toi-même penser de cette expression : comment savoir ce qu'est exactement cette place-ci, que veut dire « meilleure spécialiste du rire », comment peut-on mesurer cela ? Une partie de toi refuse cette étiquette parce qu'elle est absurde – mais une autre l'accepte parce qu'elle te tranquillise, parce qu'elle dit que ces vingt années et quelques de recherches, de travaux n'ont pas été inutiles, tu n'as pas fait tout cela pour rien, tu es arrivée à stabiliser ta vie autour de cette activité, tu réussis parfaitement dans ce cadre-là ; mais pourquoi « meilleure », que veut dire « meilleure », que peut signifier toute mesure de performance, de réussite, de supériorité, ça veut dire quoi supérieure, je ne suis supérieure en rien, il n'y a pas les faibles d'un côté et les forts de l'autre, les intelligents d'un côté et les crétins de l'autre, c'est une construction ultra-libérale ça, tu te refuses absolument à l'accepter. Et c'est d'ailleurs pour ça que c'est si difficile, depuis si longtemps, pour toi, de trouver ta place dans la société : refuser qu'il existe des gens à part tout en étant à part – comment faire ? Comment faire autrement qu'en se défonçant, dans tous les sens du terme, qu'en défonçant les cadres de la réalité humaine, qu'en quittant le monde réel trop difficile à appréhender, à affronter, te faire du mal de toutes les façons possibles, comme tu as si bien su faire entre tes douze et dix-sept ans, fuir la vie, la fuir de beaucoup de manières, métaphoriques comme réelles, et puis après ces années éprouvantes pour toi, pour les gens autour de toi, tu as changé brutalement de quête, tu as plongé dans le travail, tu as pu raccrocher *in extremis* une hypokhâgne de seconde zone, puis, parce que tu excellais, une khâgne de premier rang, pour finir rue d'Ulm – combien y en a-t-il des normaliens qui à quinze ans passaient leurs nuits dans des boîtes dégueulasses (pas seulement moralement), tu es peut-être la seule, ça ne t'a jamais intéressée de le savoir de toute façon, tu n'as jamais eu envie de parler réellement avec les autres, les « vrais » normaliens, ceux qui étaient du sérail, parents universitaires qui avaient construit pour leur descendance un parcours fléché depuis si longtemps, normaliens si scolaires, si sages. Toi, tout le contraire. Toi : tout à coup en situation de devoir réussir quelque chose que tu n'avais jamais prévu d'affronter ; tu t'es simplement dit je vais faire ce qu'on me demande. On me demande de connaître par cœur l'histoire de la république populaire de Chine entre 1949 et 1989, de citer Kierkegaard en danois, de distinguer l'ironie de l'insolence dans l'œuvre de Rabelais, ça ressemble pas mal à ce que je faisais jusqu'à présent, me couper du monde, me cramer la tête, cette fois avec du savoir qui déborde de partout, passer mes nuits sans dormir parce que j'apprends par cœur les routes migratoires de l'Ouest africain jusqu'à la banlieue parisienne, d'autres dérives, d'autres modifications de la conscience, une autre fuite. Celle-ci avec un aboutissement : à la fin tu étais normalienne, agrégée de sciences sociales, docteure en sociologie.

Depuis toujours tu fais les choses comme ça : tu résous les problèmes qui te sont posés. À tel point que tu as du mal à comprendre les gens qui se troublent parce que quelque chose est compliqué. Rien n'est jamais compliqué pour toi. Il te suffit de poser l'enjeu et de trouver la solution. C'est pour cette raison que ta vie a toujours été décalée. Tu étais empêtrée dans ton intelligence, ne pas réussir à comprendre les soucis des autres (qu'est-ce que vous ne *comprenez* pas ? – tout te semblait d'une telle limpidité) à l'école : à l'école primaire comme à l'École normale supérieure. Avec des petits bambins rigolos ou des étudiants hautains – qui ne pouvaient pas plus les uns que les autres te comprendre vraiment, t'aimer tellement. Tu ne pouvais jamais trouver une place à leurs côtés. Les aider, oui, résoudre leurs problèmes, d'accord, mais ça, ça ne permet pas d'entrer, à leurs côtés, dans la communauté humaine. Ça ne permet pas d'être considérée comme *normale*.

Pour toi, rien n'est jamais compliqué, sauf la question intime. Tout est donc extrêmement compliqué. Car ton cerveau, si puissant soit-il, n'a pas la clé pour te dire comment être bien : là tu ne sais pas. Tu ne savais pas quand tu étais jeune et que tout était destruction ; tu ne savais pas mieux quand tu étais étudiante et que tout était construction.

Tu as du mal, aujourd'hui encore, à savoir si tu es heureuse. Tu ne sais pas vraiment mesurer le bonheur : pourtant tu mesures tout, tout le temps, mais là c'est comme si le compteur n'avait jamais marché. Comme si à la fabrication personne n'en avait posé.

Or c'est la question centrale – tu le sais très bien.

Et tu n'as qu'une vie Marcia – ça aussi tu le sais très bien. Tu avais été secouée un jour quand tu avais entendu dans une pièce de théâtre, une pièce qui s'appelait *Seul*, à l'époque tu étais seule dans ta vie et le mot *seul* a toujours beaucoup compté pour toi, et dans cette pièce le personnage (qui est *seul* lui aussi) se lance dans un passage de colère sur le fait qu'on croit que la vie qu'on a c'est le brouillon, c'est pour essayer, et qu'ensuite on vivra le propre, on saura ce qu'on doit faire, et puis il ajoute que non : non il n'y a pas de brouillon, c'est tout de suite le propre. Tu t'étais pris ça dans la gueule, c'était dans cette période de latence de ta vie, après Michel, cette période de trentenaire qui bosse tout le temps pour oublier ce qu'il y a à oublier et pour oublier de se demander si quelque chose d'autre que le travail permet d'oublier – et en sortant du théâtre ce soir-là tu t'étais dit putain ce n'est pas le brouillon, c'est le propre. Je ne reviendrai jamais à mes années de normalienne libérée de toute contrainte, pas devoir travailler ou taper du fric à mes parents, mes années de jeune thésarde plongeant avec délices dans le rire en théorie mais aussi en pratique, je ne reviendrai jamais à mes vingt-trois ans quand j'ai connu un grand amour et que tout dans la vie était si lumineux, je ne reviendrai même jamais à ces années dernières, ces années tristes, ces années de jachère et de tant de travail, je ne pourrai pas vivre une deuxième fois cette attente, cette attente de connaître à nouveau l'amour : une attente ne vaut que si on est sûr qu'il y a quelque chose au bout. Là je n'attends rien, je n'espère rien. Je fais une esquisse en négatif, un brouillon de *ce que je ne devrai pas vivre*, cette attente médiocre et inutile. Et putain c'est le propre.

Ça t'avait dévastée. Tu avais voulu changer des choses, ton énergie volontariste s'était mise en branle, tu t'étais inscrite sur une appli de rencontres, tu avais joué le jeu à fond, ça avait voltigé sévère, en tout cas les premières fois où la baise avec un inconnu avait quelque chose d'inconnu, justement, cette étrange rencontre de vos corps qui n'ont jamais été en contact, qui n'ont aucune immunité commune, la peau de l'autre qui peut être si décevante, laiteuse, granuleuse, ou si charmante, brûlante, excitante, mais comme un feu de brindilles, sec, puissant, si court. Si glacial quand il ne reste plus que quelques lignes croisées de cendres froides.

Surtout, tu avais été effondrée par le faible niveau d'exigence des mecs que tu rencontrais, leurs minables stratagèmes pour se rendre intéressants, leurs projets en sous-texte, que tu décodais en quelques minutes derrière l'esbroufe un peu éclatante de la rencontre, leur envie chaque fois de coller à un récit simple qui manifestement marchait pour eux mais pas pour toi, toi il te faut quelque chose en plus, une intensité dans le regard, dans le choix des mots, dans l'univers à déployer, mais merde ils n'auront vraiment rien de plus à m'offrir ? Tu as fini par supprimer ton profil : tu as *swipé* l'expérience.

Dans ta vie amoureuse, tu n'as jamais vécu qu'avec des hommes, qu'aimé des hommes : par-delà toute construction, toute sociologie, toute fabrication des stéréotypes de genre, cela donne une place particulière, cela construit quelque chose de très singulier dans l'incommunicabilité. Combien de fois as-tu pu rester éveillée quand l'homme dont tu partageais la nuit dormait et que tu cherchais à analyser les différences entre vos corps, vos appendices, vos pilosités, une analyse qui n'avait rien d'érotique, qui était purement anthropologique, comment est-ce possible que tant de différences génère de l'attirance.

Mais tu aimes ça, en réalité, être une femme et être avec un homme. Tu aimes le déséquilibre que cela induit, les enjeux corporels qui diffèrent, autant dans la vie quotidienne que dans la vie érotique, tu aimes ne pas toujours comprendre l'homme qui partage ta vie, tu aimes qu'il te surprenne, même négativement, tu aimes être désorientée face à ses réactions comme face à son désir. Tu aimes être secouée. Tu as bien compris que ce qui te fait le plus peur, finalement, ce n'est pas la dureté de l'autre, ce ne sont pas les malentendus, ce ne sont pas les conflits. Ce qui te fait le plus peur c'est la banalité. C'est l'ennui. C'est la répétition. C'est la mollesse. C'est la *normalité*.

Tu n'es pas normale ; il ne faut pas faire comme si.

À la fin de *Max va vous tuer de rire* tu n'étais toujours pas normale mais tu étais toujours vivante ; tu es allée voir Max dans sa loge. Et il t'a proposé d'aller boire un verre le lendemain. Tu as dit oui. À ce moment-là quelque chose s'est mis en marche : mais en réalité, et tu le savais très bien, quelque chose était déjà en marche depuis le premier rendez-vous, dans le café, avec le dictaphone, tu avais repéré son regard et tu avais senti que le tien, tu savais que vous vous étiez identifiés l'un à l'autre, l'un pour l'autre, quelque chose immédiatement connecté – la lueur, Marcia, la lueur il l'a comme tu l'as, et pour peu que vous soyez tous les deux célibataires (et c'était le cas, toi tu avais certes un vague amant que tu voyais de loin en loin, pas intéressant, facile à dégager ; lui personne) il était évident que.

Et donc. Le lendemain de son spectacle, tu as bu un verre avec lui. Discussion intense, à toute allure et drôle mais pas seulement, Max t'a parlé de plein de choses qu'il ne t'avait pas dites lors de l'entretien sociologique, de son métier bien sûr, de son sentiment de solitude, de ce qui lui déplaisait dans la célébrité (comme le selfie que quelques minutes plus tôt il s'était obligé à accepter avec un groupe deux tables plus loin), surtout il te parlait en étant beaucoup plus relâché que la première fois, plus détendu, plus libre, plus profond aussi paradoxalement parce que moins dans la crainte de dire des choses *pas à la hauteur de ce que tu attendais de lui dans le cadre de ton dispositif de recherche* ; et toi aussi tu lui as parlé, un peu moins c'est vrai mais pour la première fois tu lui as dit vraiment des choses, tu n'étais plus la sociologue écoutant un objet d'enquête, tu étais au même niveau que lui, tu lui as parlé de ta vie bizarre de chercheuse sérieuse sur le non-sérieux et la corde raide sous tes pieds – et un tout petit peu de choses plus intimes, plus complexes donc ; un tout petit peu seulement. Tu ne te dévoiles pas comme ça, si vite – même avec un mec qui a *ça* dans le regard ; même.

Il a voulu payer les coups à boire, tu as refusé et il a insisté, alors tu lui as dit que c'était fini le temps où les hommes invitaient par principe les femmes, et il t'a répondu j'ai quand même le droit de le faire tant qu'il n'y a pas le hashtag #metoojaipaspupayer – et à ton regard un peu effrayé Max a ajouté oui parfois je teste des blagues pour voir si elles peuvent être dans mon spectacle, là on dirait que non. Non en effet.

Et puis.

Vous êtes sortis du bar, vous avez marché dans la rue quelques pas, tu étais joyeuse, un peu ivre, tu l'as plaqué contre un mur et tu lui as roulé une pelle faramineuse.

Voilà.

C'est si simple un début d'histoire d'amour. Tout est si merveilleux, tout s'enchaîne avec une légèreté, une grâce, une douceur – il n'y a pas de malentendus, il n'y a que des bonnes synchronisations des désirs, et quand ça ne synchronise pas ce n'est pas grave car il n'y a pas trop d'enjeux. Parce que c'est un début, que les choses ne sont pas complètement en place, on n'est pas encore totalement impliqué : on commence à s'impliquer, et on commence à recevoir l'implication de l'autre. C'est quand l'implication est plus forte que c'est plus compliqué – avec Michel justement c'est le calibrage de cette implication qui avait été compliqué à opérer. Qui n'avait pas vraiment été possible.

Mais pourquoi tu ramènes toujours tout à Michel ? Pourquoi tu ne peux pas t'empêcher de tout ramener à Michel ?

Le problème, c'est que tu n'es pas la seule. Max aussi : très vite tu lui as parlé de ce que tu avais vécu avec Michel, et très vite c'est devenu quelque chose d'un peu envahissant dans votre histoire naissante – combien de fois tu as perçu dans le regard de Max tant de choses complexes par rapport à Michel, chaque fois qu'il en parlait, chaque fois que Michel se présentait à vous par une référence, un souvenir, un objet (un DVD, un livre, un texte de toi car évidemment il t'est plusieurs fois arrivé de l'évoquer dans tes travaux), chaque fois aussi que toi tu y faisais référence, chaque fois se manifestait chez Max quelque chose d'un peu étrange, quelque chose qui n'était pas seulement de la jalousie (de ce que tu avais vécu avec Michel, de ce que Michel avait vécu avec toi), pas seulement de l'admiration (que Max a toujours eue pour lui), pas seulement du désir (que tu perçois très bien : d'être, lui Max, en mesure de se lier à Michel via toi), pas seulement de la tristesse (de ne pas l'avoir connu), mais un peu de tout cela mélangé – avec en plus toujours le fait que lui, Maxence dit Max, ne se sent pas, comme il te l'a dit plusieurs fois, à la hauteur de Michel Le Fou, n'est qu'un *petit joueur* à côté de ce grand joueur, comme un tennisman pro qui parle de Nadal ou Federer : avec des étoiles dans les yeux, des étoiles vers une étoile qui lui semble à tout jamais inaccessible. C'est parfois si fugace chez Max : si fugace l'air qu'il prend quand il évoque Michel et qu'il dit *lui c'est pas pareil.*

Fugace, oui, mais toi tu décodes tout, ton cerveau est comme ça, tu sais très vite voir dans le regard de quelqu'un, dans ses moues, dans ses silences, tu sais voir ce qui se meut neuronalement, émotionnellement, sensitivement : tu sais le lire, tu sais le comprendre, tu le comprends trop, trop bien, souvent tu étouffes de si bien comprendre les gens alors même qu'ils ne disent rien, parfois quelques secondes avec quelqu'un font que tu l'as cerné et les heures qui suivront ne seront qu'une pénible validation exhaustive de ce que tu avais déjà tout entier perçu.

Mais il se trouve que Max est pareil, Max comprend tes silences tout de suite, comme il sait parfaitement lire les gens que vous croisez – vous pouvez prendre un taxi quinze minutes et parler ensuite pendant une éternité de tout ce que vous avez ressenti du chauffeur, les quelques anecdotes qu'il vous a racontées et ses réactions aux blagues de Max vous donnent un terrain infini de commentaires, d'analyses, de blagues aussi, de prospection, de quête d'un récit sans limites. C'est comme si chaque personne que vous pouviez croiser, une boulangère, un livreur, un voisin, était un personnage pour un roman du XIXe siècle, pour un film du XXe siècle, pour une série du XXIe siècle : vous le traitez en long, en large, en travers, vous lui donnez un passé, des liens familiaux, vous inventez sa façon d'être en couple, avec ses enfants, avec ses collègues. Toute la personne, en entier.

Vous le faites tout le temps, et d'ailleurs vous n'en parlez même pas, du fait que c'est étonnant de faire ça : vous le faites naturellement, tu peux à peine te souvenir que d'habitude on ne fait pas ça, d'habitude on ne passe pas son temps à chercher à donner une place précise dans le grand schéma de l'humanité à chaque personne qu'on croise. Tu le fais avec Max, tu ne le faisais pas dans les années précédentes, mais, c'est vrai, tu le faisais aussi, à peu près autant, avec Michel. Encore Michel ? Oui, mais comment faire autrement ? Comment ne pas toujours revenir à cette comparaison ?

En étant dans le temps présent ?

Le présent : maintenant. Quatre ans sont passés depuis ta rencontre avec Max. Quatre ans et tu es toujours là, et Max est toujours là : et tu t'étonnes de la légèreté qui n'est pas retombée, de ces débuts aériens et virevoltants qui se sont structurés sans lasser. Tu t'étonnes, parce que malgré toute ton intelligence tu n'arrives pas à faire autre chose que croire que ce qui s'est passé avec Michel est un mètre-étalon, que ta vie présente se mesure *par rapport à* et non pas *toutes choses étant égales par ailleurs* – il y a du travail, Marcia, encore.

Et pourtant.

Pourtant tu vis avec Max, tu te sens bien avec Max, tu as le sentiment que tout est en place, il y a dans cette histoire d'amour ce qu'il te faut de puissance, d'absolu, de folie, de joie aussi, tu te sens jeune, légère, tu te sens toi-même en étant une autre, ou le contraire, tu es multiple tout en restant bien centrée, tu comprends que le bonheur c'est ça, c'est une forme de joie qui est sereine – tu ne peux pas t'empêcher de comparer avec la joie qui était si puissante mais si peu sereine avec Michel, tu te dis souvent que vieillir ça donne cet avantage de mieux savoir ce qui te fait du bien ; de mieux savoir profiter de ce grand cirque souple et chaotique qu'est la vie. Que tu te connais mieux ; que, tout simplement, tu es beaucoup mieux.

Tout n'est pas rose tout le temps non plus : évidemment.

Mais comme tu n'es pas comme les autres, tu n'as pas les mêmes problèmes que les autres dans ta vie amoureuse. Tu ne vois pas le rose et le noir aux endroits habituels. Par exemple tu ne supportes pas quand Max a des tendances mollassonnes, quand il a envie de se vautrer devant Netflix avec toi – tu préfères, c'est idiot mais c'est comme ça, tu préfères quand il est debout comme une pile électrique, faisant les cent pas en cherchant une idée, ou à l'exprimer mieux, démangé par son écriture, par ses doutes, et qu'il t'embarque dans cette façon-là d'être en vie : comme la fois où il t'a dit qu'il voulait réécouter son sketch sur la viande et la violence, qu'il voulait voir comment ça avait vieilli, c'est une préoccupation importante pour lui, permanente, la question du temps qui passe, ce qui restera, la postérité, sa postérité, comme s'il se préoccupait plus de la façon dont l'Histoire se souviendra de lui que de la façon dont le présent lui fait accueil – le présent ? il est déjà mort : c'est déjà du passé, dit son sketch sur la crise de la quarantaine dans *Max va vous tuer de rire*. Ou comment se raccrocher toujours à cette histoire du bouffon qui n'est pas là pour ses contemporains ; qui sera jugé par l'Histoire. Par *après*.

Max a farfouillé dans son ordinateur, a lancé l'enregistrement du vieux sketch sur la viande, et ce sketch tu l'as écouté en regardant son auteur, tu as écouté ce récit du parcours de l'humanité bien gentille qui se met à bouffer de la viande et commence aussitôt à générer sa propre destruction, tu as écouté cet humour de trentenaire en regardant cette gueule de quadragénaire, tu voyais bien que les énergies n'étaient pas les mêmes mais pouvais-tu vraiment expliquer ça à Max, lui dire que ce sketch avait une puissance que lui, il n'avait plus, que c'était moins le sketch qui avait vieilli que son auteur, que ça ne sert à rien de courir après la jeunesse qu'on a eue, qu'il faut accepter qu'elle soit derrière et passer à autre chose, réinventer autre chose, trouver l'accord de l'âge qu'on a, adapter ce qu'on fait à ce qu'on est. Tu ne lui as rien dit de tout cela.

Tu lui as dit

autre

chose.

Tu lui as dit, simplement, même pas méchamment, juste comme ça, pas une question piège, pas un reproche, juste une question comme elle vient, mais tu savais que Hitler était végétarien ?

Max t'a regardée avec tant de détresse dans les yeux, tu as compris que ce n'était pas une bonne idée, pas du tout du tout une bonne chose, tu as dû sortir ton attirail de bonne Samaritaine, tu as dû prendre en charge ce que tu avais déclenché en lui. Comme souvent, tu t'es retrouvée à gérer son inquiétude. Mais qu'y faire ? Comment faire ? De tes années de psychanalyse tu as gagné tant de choses, la possibilité de bien disposer les enjeux, de construire des échafaudages analytiques qui servent à ne pas se faire broyer par les pulsions, tu as appris à ne pas t'effondrer devant les doutes, les dénis, à ne pas laisser ta vie partir dans un magma gluant et repoussant – mais tu n'as pas appris à *ne pas* prendre l'autre en charge. Cela tu n'y arrives pas. C'est plus fort que toi – la faiblesse des autres, leurs failles, leur façon de quitter les rails de la raison te paraissent toujours plus intenses, plus évidentes, plus certaines, que les tiennes. Ce n'est pas que tu te nies : simplement tu te mets dans la file d'attente, à une place mouvante qui fait que tu es toujours derrière quelqu'un qui vient de te passer devant. Tu ne sais pas prendre la première place à tes propres yeux. Depuis toujours tu ne t'autorises pas à être la première sur la liste. Est-ce que ça, cela changera un jour, Marcia ?

Cette fois-ci donc tu as aidé Max, en deux parties : d'abord pour amortir le choc né de cette information, Hitler était végétarien donc ce sketch sur la viande et la violence de l'humanité ne tient pas (corollaire : pourquoi personne ne m'en a parlé avant ? pourquoi ce déni ? à moins que personne n'ait jamais vraiment écouté ce sketch, personne en général ne prête jamais attention à mes textes ? je parle pour des morts ?), puis pour lui permettre d'affronter le fait que cette béance théorique mettait un terme, *de facto* (en latin c'est sans doute plus facile à accepter t'a-t-il dit dans une de ses pirouettes habituelles), à la cohérence de son sketch sur la viande. Donc à son existence : car un sketch tient par une armature très solide, on peut lancer n'importe quoi, faire s'enchaîner les vannes comme on veut, partir par autant de détours qu'on souhaite, si cette armature n'est pas coriace le sketch tombera d'un coup d'un seul, comme un squelette oublié quelques millénaires dans une grotte sombre et qu'on découvre un jour, qu'on cherche à attraper : soudain poussière.

Cela a mis un certain temps pour que Max accepte de dépasser tout cela, au début son abattement écrasait tout, il ne te répondait que par monosyllabes, il formait une boule d'échec, au sens propre aussi parce qu'il était roulé sur le canapé à grommeler qu'il allait changer de métier, devenir courtier en assurances ou couvreur en ardoises, et puis petit à petit, comme il a l'habitude de faire, il a transformé ce qui le contrariait en objet de comédie, il s'est mis à inventer la cérémonie funéraire d'un sketch décédé pour cause d'inculture de l'auteur, lequel auteur est présent à la cérémonie bien sûr, il prend la parole pour s'excuser d'avoir tué le sketch, d'avoir inséré en lui cette maladie orpheline que personne n'avait su déceler avant que la grande professeure Marciaskaïa s'en rende compte, et la professeure, sommité mondiale de l'humour et donc capable d'accompagner de vie à trépas les meilleurs sketchs de la planète (mais aussi de construire un chemin inverse, ne soyons pas irrévérencieux), a accepté d'être présente pour la crémation du sketch, certes ce n'est qu'une crémation symbolique, il n'y a même pas quelques feuilles imprimées à brûler au-dessus d'une assiette, tout est tellement virtualisé, on n'écrit plus sur du papier depuis des décennies, c'est juste un fichier qu'on va faire glisser vers la corbeille et on va dire des paroles d'adieu, adieu ce sketch, ce sketch qui a fait connaître Max mais ce sketch qui mentait au public et le public n'a rien dit, le public a accepté de se faire berner, faut-il croire qu'humoriste c'est un métier d'escroc ? Je vous le demande, mes chers amis réunis pour cette cérémonie funéraire (virtuelle), je vous le demande mais avant tout je vous promets que dorénavant je ferai relire mes sketchs par des spécialistes patentés des sujets abordés, si je raconte que je bande mou j'irai voir un chirurgien de la prostate et si je dis que je perds mes cheveux j'irai consulter un chirurgien capillaire et si j'écris sur le fait que je ne suis pas drôle j'irai voir – qui d'autre que l'incroyable professeure Marciarentov.

Tu as ri avec lui – tu as accepté d'être l'objet de sa moquerie, tendre bien sûr, mais moquerie quand même, parce que ainsi est Maxence, ainsi est son humour, ainsi est son habitude d'être un peu cruel pour être drôle, cruel envers lui, évidemment, mais envers toi aussi. Envers tout le monde. Ce jour-là tu portais ta robe bleu marine, celle que tu refermes avec ta drôle de broche indienne en métal et tissu que tu touches parfois par réflexe – et ce jour-là, oui, la broche tu l'avais effleurée, plusieurs fois, sans même y penser, pour y trouver un peu d'énergie, pour regonfler quelque chose de la pression atmosphérique qui était tombée si bas autour de vous tout au long de cet épisode. Et, précisément à ce moment-là, tu as touché une dernière fois ta broche – tu ne savais pas que c'était la dernière fois, tu n'as même pas fait attention au fait que tu l'avais fait quelques fois avant, mais voilà, tu l'as fait une dernière fois, et Max a fait glisser l'icône bleu glacial du texte du sketch sur la viande, de ce sketch qui avait été drôle pourtant, jusqu'à la corbeille grise de son ordinateur, corbeille virtuelle effaçant de manière réelle le fichier. Puis définitive.

Il n'y a pas eu que cette fois-là : en général, tu parles toujours avec Max de ses sketchs, de ses chroniques, il les teste toujours en premier sur toi pour s'assurer de ce qui marche, un peu, beaucoup, énormément. Pas du tout. Et il reprend, il aime ça, polir son texte, le rendre plus efficace encore, et il aime te faire rire, te prendre par surprise quand la fin de sa phrase c'est un rebond qui te fait exploser de rire, et toi aussi tu aimes ça, évidemment.

Mais il y a autre chose. Il y a une symétrie : Max, tu lui fais lire ce que tu écris, tes articles, tes interventions aux colloques, tes projets de livres, tes livres, il t'en parle, il te fait des commentaires, toujours très justes, c'est étonnant parce qu'il a un cerveau à la fois vide de beaucoup de notions, de grilles, de structures analytiques, mais en même temps plein d'une étonnante sensibilité, d'une précision dans sa lecture, d'une richesse dans sa capacité à te faire voir des sous-textes, à faire apparaître des manques, des rebonds, des échos ; dit autrement, alors qu'il n'a pas fait du tout d'études il a une intelligence du texte que tu ne croises que très rarement chez tes collègues surdiplômés.

Or il se trouve, et pour une fois la comparaison est intéressante, que tu ne faisais pas lire tes textes à Michel avant de les avoir finis, tu ne pouvais pas partager cela avec lui, une fois ou deux il avait regardé tes brouillons, il avait voulu commenter chaque ligne, les virgules, il disait parfois des choses brillantes mais parfois c'était aberrant, et tout venait de la même façon, avec un air un peu tendu, comme s'il voulait s'obliger à jouer le rôle de ton conseiller littéraire, alors qu'il n'en avait pas envie, qu'il n'y croyait pas du tout ; Max c'est le contraire, il est tellement libéré des enjeux intellectuels, il se sent tellement ailleurs qu'il te parle comme un artisan plombier parle à un artisan électricien, avec ses mots, avec ses questions : et c'est très utile parce que ça décentre ton regard, ça décale ta pensée, tu aimes ça parce que finalement c'est la première fois de ta vie qu'il existe quelqu'un avec qui tu peux partager tout, *réellement* tout, la chair l'esprit l'amour, les trois enfin réunis dans un seul espace commun. C'est si rare : tu le sais parce que tu vois autour de toi que ça n'arrive que très rarement. C'est la première fois pour toi ; pour beaucoup le compteur restera bloqué à zéro. Indéfiniment.

Un jour Maxence t'a demandé si tu voulais bien arrêter de l'appeler Max. Il t'a dit c'est con, c'est idiot, je suis désolé, mais j'aimerais que tu m'appelles Maxence – mes parents vont mourir un jour et plus personne ne m'appellera comme ça, je voudrais que ce soit toi qui poursuives, qui continues à l'utiliser, ce prénom. Mon prénom.

Tu as dit oui, bien sûr – et il a fallu que tu t'habitues à dire Maxence, à lui dire toujours, à chaque fois, Maxence. C'est dur, quand on a presque un demi-siècle d'âge, de donner un autre prénom à la personne avec laquelle on vit depuis un moment. C'est dur de se rendre capable d'une telle souplesse. Mais tu en as été capable : pas une seule fois tu ne t'es trompée, plus une seule fois tu ne l'as appelé Max. Toujours Maxence. Ton esprit est tellement agile.

Tu es une force qui avance, que rien, quasiment rien n'arrête – une fois de temps en temps tu lèves un peu le pied, tu dors un peu tard, tu traînes et tu n'as envie de rien, mais ça dure un jour ou deux et puis c'est fini, le tourbillon reprend, le tourbillon de force. Tu as tant de force.

Tu as trop de force, en réalité.

Mais tu le sais bien, maintenant, que c'est une faiblesse aussi, d'être si forte.

Tu as bien compris que c'était une façon édulcorée de vivre, encore et toujours, la fuite. Tu fuis quelque chose depuis toujours, quelque chose qui n'a pas vraiment de début mais pas non plus de fin, quelque chose depuis ton enfance et aujourd'hui la fuite c'est ce mélange entre trop de travail et un travail qui met trop à distance. Cette distance-là, cette dernière dans la grande liste des distances de toi à ta vie, il faudrait que tu acceptes de l'interroger.

Ton intelligence, pourquoi l'as-tu enfermée dans ce schéma-là, celui de la recherche, celui de l'analyse, celui de la prospection, pourquoi t'es-tu empêchée d'en faire autre chose, tu aurais pu être romancière, ou metteuse en scène, ou cinéaste, tu aurais pu devenir créatrice, ou tu aurais pu faire du stand-up après tout, pourquoi une normalienne docteure en sociologie ne pourrait-elle pas monter sur scène et raconter des blagues vaseuses ? Pourquoi t'es-tu toujours, Marcia, mise du côté de l'étude ? Pour trouver un équilibre en te mettant en surplomb ? – pourtant c'est une position inconfortable, tu le sais bien.

Tu le sais bien.

Mais tu n'as pas trouvé mieux.

Et pourquoi deux fois successivement dans ta vie as-tu fait le choix de vivre avec un comique alors que ton travail c'est d'étudier le comique ?

Tu as fait avec qui tu rencontrais, c'est ce que tu te dis toujours : une vie ne peut se vivre qu'en fonction du réel, pas de l'imaginaire. Successivement Michel puis Maxence ont été, eux, à la hauteur de ce que tu attendais ; il se trouve qu'ils étaient tous les deux des humoristes, qu'y pouvais-tu ? On rencontre des gens majoritairement dans son espace social – tu aurais été chercheuse en physique nucléaire, tu aurais peut-être rencontré de brillants ingénieurs d'EDF ; chercheuse en littérature, des écrivains passionnants ; c'est sans fin.

Maxence t'en parle souvent, il te chambre là-dessus, sur le fait de te maquer avec tes objets d'étude, c'est pas très professionnel madame, une psy ne couche pas avec ses patients, votre déontologie devrait vous empêcher de fricoter avec les gens qui font métier de ce que vous étudiez. Il te fait rire, mais tu sais qu'il a raison pour une part.

Mais on ne peut pas tout *résoudre*. On ne peut pas tout faire parfaitement.

Fuir dans le travail c'est moins grave que toutes les autres fuites, tu le sais bien – et depuis que tu es avec Maxence les choses ont changé de ce point de vue-là, tu sais mettre ton travail à une place « raisonnable », ne pas accepter une soutenance de thèse le même jour qu'un colloque, trois articles différents le même mois – tu sais aussi mettre des limites à *Le Rire, le monde*, les deux mille pages que tu avais prévues tu as accepté de les réduire à mille deux cents, quel effort de sagesse. Et tu t'es même promis que si tu ne l'avais pas fini à cinquante ans, alors oui, tu pourrais accepter que le livre sorte l'année d'après, ou la suivante. Quel merveilleux lâcher-prise. Tu as lâché aussi quelque chose avec les objets, tu as moins besoin de ces petits talismans, de ces rappels-de-réalité, tu sais plus facilement être là, là dans le monde, là vraiment, sans l'aide de ces étranges objets transitionnels – et ça aussi te fait beaucoup de bien.

Avec le présent maintenant tu as des rapports excellents ; avec l'avenir ils sont tout à fait cordiaux. C'est avec le passé qu'ils restent compliqués.

Or il faut être apaisée dans les trois, les trois temps, pour être vraiment apaisée. Et ça aussi tu le sais bien.

De toute façon, tu sais toujours tout. Mais savoir c'est une chose, pouvoir c'en est une autre.

3

Michel

Il n'était pas seulement drôle. Il était au-delà. Il était le rire. Il n'était que rire. Du moins c'est ce que croyait tout le monde. C'est ce que croyait Marcia aussi, au début.

En 2015, une équipe de chercheurs britanniques a publié dans un journal de cardiologie une étude intitulée *Does Comedy Kill ? A retrospective, longitudinal cohort, nested case-control study of humour and longevity in 53 British comedians*. Pendant plusieurs années, ils avaient étudié une cohorte de cinquante-trois comiques anglais nés entre 1900 et 1953 et bâti un système d'évaluation du degré de performance humoristique (validé par les pairs). Étrange volonté mais dans un but très précis : faire le lien entre espérance de vie et puissance humoristique. Résultat de l'étude : les comiques considérés comme les plus drôles mouraient en moyenne *dix ans* avant les comiques jugés les moins drôles.

Michel est mort alors qu'il avait quarante-sept ans. C'est-à-dire *bien plus* de dix ans avant l'âge auquel devaient mourir les hommes de sa génération. C'est le problème de la moyenne : elle écrase le réel. C'est le problème de la science : elle lisse la complexité. C'est le problème de toute histoire : il faut schématiser. Sauf que Michel, Marcia l'a connu. Pour elle, ce n'était pas une notion, pas un personnage, pas une statistique, pas une personnalité historique : c'était un être vivant. Un être vivant qui n'était pas un personnage. Toute l'épaisseur qu'il avait, la matière de sa présence humaine, ce n'était pas seulement des anecdotes, des succès, des tristesses, ce n'était pas résumable à ce qu'elle a pu lire sur lui, pendant ou après leur histoire. Aucun récit ne pourra jamais dire l'entière vérité, l'absolue complexité d'un être humain. Il y a toujours eu deux Michel Le Fou : celui qu'elle connaissait ; celui que les autres croyaient connaître. Mais même celui qu'elle connaissait était tellement loin de ce qu'il était, lui, vraiment, tout au fond.

Ce nom, Michel Le Fou, il l'avait choisi au tout début de sa carrière – ça avait bien marché, tout de suite, dès ses premiers spectacles, au milieu des années 1980, au Point Virgule. Son vrai nom, maintenant c'est quelque chose qui est très connu, sa page Wikipédia n'oublie aucun détail, pas même la place de Marcia dans sa vie, son vrai nom c'était Michel Lefranc ; à l'époque presque personne ne le savait. Presque personne ne connaissait sa véritable identité. Et ce n'est que bien plus tard, après sa mort, que Marcia avait compris, et pourtant c'était là, devant elle, depuis toujours, mais elle ne voulait pas voir, elle n'avait pas voulu voir, pas réussi à comprendre qu'il s'était décidé, de lui-même, à troquer la franchise pour la folie. C'est vrai que c'était un garçon très franc, il était tellement franc. Il était peut-être un peu fou aussi, d'accord, mais et alors : est-ce que ce n'est pas mieux d'être fou et franc que sain d'esprit et menteur ?

Souvent, dans les derniers mois de la décennie 1990, aux dernières lueurs du XXe siècle, peut-être les derniers temps sereins d'une humanité qui ensuite ne saurait plus être qu'angoissée (parfois il est difficile de ne pas faire le lien entre son histoire intime et la grande Histoire), Marcia allait retrouver Michel pour le déjeuner ; elle allait le chercher à la radio en scooter, elle avait un casque pour lui sous son siège, en y allant elle écoutait sur son baladeur l'émission comique du midi à laquelle Michel participait depuis quelques années déjà. Elle écoutait la radio en allant à la radio : c'était délicieux comme sensation de fusionner géographiquement et chronologiquement son écoute, depuis leur appartement jusqu'au moment où elle entrait dans la régie du studio, où elle éteignait son baladeur et écoutait dans les haut-parleurs en regardant la petite bande s'amuser en studio. Voir Michel en vrai de l'autre côté de la vitre.

Il était à part, dans l'émission – c'était évident, même pour le profane. C'était évident pour Marcia avant même de le rencontrer, quand elle l'écoutait à la radio (et elle l'écoutait presque tous les jours, c'était professionnel, son travail c'était aussi de prêter attention aux formes d'humour contemporaines, de savoir ce qui se pratiquait, comment cela se pratiquait, sa thèse recouvrait tout le XXᵉ siècle et ce siècle n'était pas tout à fait terminé, presque terminé mais pas complètement), c'était évident toujours autant pendant leur histoire d'amour, et c'était évident aussi pour n'importe qui l'écoutant : il ne faisait pas de vannes juste pour faire des vannes, il ne prenait la parole que rarement en dehors de sa séquence à lui (« Le Fou parle aux fous »), et quand il le faisait ce qu'il disait était tellement dense d'humour. Tellement différent des autres. Ses mots étaient habités : ce n'étaient que des mots pourtant, le même lexique que ses confrères, la même syntaxe, des phrases à peine plus longues, mais il parvenait à leur conférer une autre matière. C'était clair pour tout le monde. Pour les autres chroniqueurs, pour les animateurs qui se succédaient à la présentation de l'émission quand lui en restait un pilier, pour les auditeurs aussi bien sûr : Michel Le Fou n'était pas comme les autres, il était posé plus haut, lancé plus loin. L'écouter, c'était quelque chose. La précision de ses mots, la façon dont ils déployaient des doubles, triples sens, la cruauté douce, la puissance émotive, l'intelligence des situations : il laissait des blancs souvent, des blancs nécessaires pour que tout se déplie, les bombes humoristiques à fragmentation lente qu'il avait conçues pour que petit à petit se fasse entendre tout ce qu'il y avait de drôle, d'insolent, de surprenant – à l'inverse il ne supportait pas certains types d'humour, les blagues grasses, les calembours vaseux, les gens qui rient fort pour faire croire que ce qu'ils viennent de dire est drôle, cela le mettait dans une situation de tension intense, il lui arrivait de quitter l'émission sans rien dire, sans même une explication *ex post*, il ne voulait faire de la peine à personne ni donner de leçons, simplement il ne supportait pas d'être complice, d'être à la table de, de collaborer avec des gens dont l'humour le blessait. Blessait sa conception d'une perfection de la langue – et même si la perfection absolue il avait admis que c'était impossible de l'atteindre, il cherchait tout au moins à attraper sa lueur. Son éclair.

Il était le seul à chercher cela. Il y avait eu Desproges peut-être avant lui ; mais après ?

Cette fragilité, cette impossibilité à tolérer des choses qui lui semblaient intolérables, il en parlait souvent à Marcia. Il savait que les autres ne le supportaient pas bien, il comprenait que plus il avait du succès moins c'était acceptable, quand un jeune comique un peu con tentait de se faire mousser devant lui dans une soirée parisienne et qu'il tournait les talons sans un mot, sans un sourire, soudain glacial, glaçant – le jeune con pense que je suis un vieux con, et après tout il a peut-être raison Marcia non ?

Dans leur histoire d'amour c'était pareil, devant Marcia parfois il devenait glaçant, elle ne comprenait pas comment, pourquoi ce type charmant si drôle se fermait d'un coup, il suffisait d'un mot qui n'était pas bien placé, d'une attitude semblant insupportable, d'un geste pas bien réfléchi et c'était terminé. Il ne se mettait pas en colère, c'était simplement un silence, une nappe épaisse et incassable de silence brut, comme la glace quand elle devient mur tout en restant sèchement coupante à ses extrémités : ça coupe, l'autre saigne. Le cœur de l'autre saigne. Le cœur de Marcia souvent saignait.

Il lui avait dit très vite : je ne suis pas comme les autres. Je n'ai pas une place tout à fait habituelle dans ce monde. Je suis là, j'ai deux bras et deux yeux comme tout le monde mais toute une partie de moi est construite à rebours de ce qu'est un être humain normal. Je ne suis pas normal – c'était dit sans acrimonie, sans regret, c'était dit comme une certitude technique, comme un constat réaliste. Plus jeune il avait essayé de faire comme si, de se fondre dans le groupe, de cacher ses secrets tourments sur son incapacité à tolérer l'à-peu-près, l'humour gras et les discours hasardeux ; plus jeune il avait *joué le jeu*, le jeu de cache-cache au sein d'un groupe humain jugé dans la norme, où les enjeux sont partagés par tout le monde : accéder à une description commune du monde, où chacun trouvera sa place. Mais il avait bien compris qu'il n'aurait pas sa place, qu'il était trop entier et trop multiple à la fois pour jouer à cet autre jeu-là, ce jeu de rôle où se construit la vie en étapes successivement cohérentes, études, travail, amour, famille, loisirs, barbecues. Les barbecues : il y avait tant de choses que les autres appréciaient et que lui détestait, les barbecues en étaient un exemple, il avait pour eux une haine féroce sans pouvoir l'expliquer hormis un dégoût envers ce moment de sociabilité détendue et relâchée autour d'un repas-feu, totem éternel d'une infinie répétition (les hommes autour de la viande à griller, les femmes préparant des salades, comme une perpétuelle scène préhistorique rejouée à jamais), moment joyeux et relax, à l'aide de force bières et verres de rosé, samedi ou dimanche de détente alors que dès lundi la vie formelle doit reprendre son cours, et les gens leurs objectifs clairs d'intégration : à un milieu, à une profession, à une famille.

Il n'avait jamais eu le projet d'intégrer quoi que ce soit. Il avait ri le jour où Marcia sans faire attention lui avait dit qu'elle avait intégré Normale sup, *intégré* c'était le mot qu'utilisaient ceux qui étaient en prépa scientifique, *intégrer* comme l'intégrale d'une fonction, Michel avait dit toi tu as intégré et moi j'ai plutôt désintégré mes études (il avait fait trois ans de droit, porté par l'idée qu'il aimait parler, somme toute – mais la parole qu'il aimait déployer il ne pouvait pas la contraindre aux règles du code pénal, il s'en était vite rendu compte et avait bientôt tout laissé tomber pour se jeter à esprit perdu dans le café-théâtre) – à son tour Marcia avait ri, et s'était dit d'ailleurs qu'elle non plus ne s'était jamais *intégrée* dans l'école où elle était entrée, elle aussi la *désintégration* elle connaissait ça très bien, mais (est-ce ainsi que vécurent les femmes nées avant 1985 ? est-ce différemment que vivent, vivront les femmes nées après 1986 ?) face à Michel elle avait tendance à masquer sa différence à elle, sa difficulté à trouver une place, sa distance avec le modèle normatif d'une société bien équilibrée qui ne lui convenait pourtant pas plus qu'à lui : à cette époque, au début de leur histoire d'amour, elle fréquentait son séminaire de thèse, dernier rogaton de sa vie étudiante, ce n'était que deux heures par semaine mais elle s'y ennuyait lourdement à écouter les autres déployer leurs dispositifs théoriques, leurs problématiques, leurs enjeux bibliographiques là où elle s'interrogeait sur la possibilité de faire entrer l'ensemble du monde dans sa thèse sur le rire et la folie – car quand on a ces deux clés en manque-t-il d'autres pour faire un récit complet de l'humanité ? Cette fois-là sur le mot *intégré* elle avait ri et avait laissé croire à Michel (avait laissé Michel croire) qu'elle, elle était intégrée – est-ce qu'il y croyait vraiment ou faisait semblant d'y croire, est-ce qu'il se raccrochait à cette fiction qu'elle était normale pour supporter son anormalité à lui ? Était-ce un jeu de dupes où chacun savait mais faisait comme si, ou alors Michel était-il un peu aveugle comme un garçon né en 1960 aveugle au fait que les femmes aussi ont des tourments complexes profonds et sérieux – ce n'est pas réservé aux hommes, aux hommes artistes, aux hommes artistes exceptionnels : aussi les femmes, pas artistes, pas repérées.

Sauf que. Toute sociologie critique finit par se heurter au poids réel de la pâte humaine : dans le cas de Michel, cet aveuglement n'était peut-être qu'une solution de survie plutôt qu'un vieux relent de domination masculine ; et la suite avait prouvé que les difficultés à *vivre* n'étaient en effet pas les mêmes pour elle que pour lui. Les enjeux sans doute, les questions évidemment, mais les difficultés non – et que vaut encore la mise à distance des réflexes genrés face à la détresse infinie d'un individu ?

À la fin des années 1990, Michel Le Fou était déjà connu, très connu. Et puis au printemps de l'an 2000 il y avait eu ce spectacle, *Toutes les personnes* – ce spectacle qui a tant marqué les gens, qui est encore dans les mémoires, dans l'Histoire, l'histoire du rire : la force des mots. La force des mots qui fait que vingt ans après tant de gens se souviennent de tant de phrases dites par Michel, phrases devenues iconiques comme on disait dans ces années-là, phrases que les gens répètent aujourd'hui sans même, pour les plus jeunes, savoir d'où ça vient, un peu comme on oublie que *mieux vaut tard que jamais* c'est du La Fontaine et *l'appétit vient en mangeant* du Rabelais : vie éternelle d'une langue qui peu à peu transforme des inventions en structures.

À l'époque où Michel travaillait sur *Toutes les personnes*, Marcia ne dormait pas bien. Elle se réveillait parfois en pleine nuit – affrontait de vastes angoisses poisseuses qui pendant deux heures tapaient sur ses nerfs avec fracas puis le lendemain s'étaient envolées comme de minuscules moineaux inoffensifs (comment était-ce possible ?) : c'était souvent lié à sa thèse, à son inquiétude de ne pas faire aussi bien qu'elle voudrait, qu'elle aurait pu, qu'elle aurait dû. Ça glissait aussi souvent vers son sentiment de médiocrité, sur son épuisante certitude d'être une imposteure, à se dire qu'elle ferait mieux de tout laisser tomber, d'aller sagement enseigner en lycée, elle ne méritait pas mieux, elle n'avait aucune raison de devenir prof de fac, d'être « docteure ». Et puis, comme toujours, ce nœud impossible à articuler avec son envie d'écrire la thèse la plus incroyable du monde, son désir d'aller plus loin que tout ce qui avait été fait, plus loin que Michel Foucault et plus loin qu'Henri Bergson, sa certitude surtout qu'avec le dialogue entre rire et folie il y avait vraiment de quoi bouleverser les grilles d'analyse du monde. Ce n'était pas rien, comme projet.

Une nuit d'insomnie, Marcia s'était rendu compte que Michel aussi était éveillé. Les yeux grands ouverts, silencieux. Il avait semblé dérangé que Marcia s'adresse à lui. Il ne lui avait pas parlé, il avait marmonné je dors alors qu'il était évident qu'il ne dormait pas, s'était retourné sans un mot, et Marcia s'était tue, avait attendu avant de se rendormir sans trop comprendre, sans faire l'effort non plus de dénouer la question. Elle était habituée à son étrangeté : celle de cette nuit-là n'avait rien de complètement spectaculaire.

Il lui expliqua le lendemain. La nuit, parfois, il travaillait. Sans allumer la lumière, sans rien noter, seulement dans sa tête. Il écrivait son spectacle. C'est pour ça qu'il ne voulait pas être dérangé, pas de petit baiser moyen câlin grande passion, simplement rester concentré.

Il inventait des blagues en silence, sans rien dire – et seulement le lendemain s'il s'en souvenait il les écrivait. Il considérait le temps du sommeil qui venait après ce travail nocturne comme l'arbitre de ce qui devrait demeurer de ses idées. Au matin les meilleures étaient encore là, et les autres oubliées : c'est qu'elles ne méritaient pas de survivre. Quand elle se levait Marcia le voyait, avec un vieux sweat mis à l'envers et un caleçon, devant une immense tasse de café, et il écrivait, à la main, sur des feuilles blanches, à un bout de la table ronde, il se créait un coin symbolique, il y avait la tasse et sa feuille et quelques stylos posés qui faisaient frontière, qui délimitaient l'espace qui était le sien, qui voulaient dire aussi que Marcia ne devait pas lui parler, qu'il écrivait un spectacle, un sketch, une idée, une chanson, il écrivait et elle pouvait vivre à côté de lui ça ne le dérangeait pas, elle se faisait un thé, elle prenait une assiette de fruits de l'autre côté de la table ronde, ovale en réalité, une vieille table en bois un peu brinquebalante, elle pouvait faire ce qu'elle voulait tant qu'elle ne lui parlait pas, puis elle allait s'installer dans l'autre pièce à son bureau, elle allumait son ordinateur, elle avançait sur sa thèse, elle alternait lecture et écriture, et puis tout à coup elle l'entendait lancer j'ai fini : c'était à elle de décider si elle continuait, si elle allait au bout de la lecture de cette thèse de médecine de 1959, *Tests comiques et humoristiques chez les schizophrènes*, ou si elle allait le rejoindre, se coller à lui, le renifler, mélange d'odeur de la nuit encore présente en lui et du café, ils aimaient tous les deux ce moment, c'était finalement comme le réveil, comme un réveil arrivant après le réveil mais qui était enfin le réveil de deux amoureux qui se retrouvent dans les bras l'un de l'autre, leurs deux corps s'entremêlaient debout, à moitié habillés, à moitié dans la journée déjà mais à moitié encore dans la nuit, et cette moitié souvent l'emportait sur l'autre, ils repartaient au lit faire l'amour, langoureusement, longuement, parfois même redormaient et puis il était dix heures et demie et Michel sautait dans un taxi pour être à la radio à onze heures pile.

C'étaient des journées douces et belles, souvent à midi Marcia allait rejoindre Michel en scooter pour la fin de l'émission, ils déjeunaient dans un petit restaurant puis dans l'après-midi faisaient mille ou mille choses différentes, ils pouvaient quitter Paris jusqu'au lendemain, ou faire une immense fête de l'après-midi, ou au contraire Marcia pouvait reprendre son travail pour sa thèse et Michel allait au ciné voir n'importe quoi pour se laver la tête, ou lisait des vieux livres, il aimait les objets vieux en général et donc il adorait aller chez les bouquinistes, souvent il lisait des textes classiques avec application, Montesquieu, Fontenelle, et puis, sans aucun lien, il écrivait sa chronique du lendemain pour la radio. Mais plus jamais dans la journée il ne se remettait à *Toutes les personnes*, c'était un travail intégralement du matin. De la nuit.

Après les premiers mois de représentations à Paris, en septembre 2000 Michel Le Fou avait emmené son spectacle dans toute la France, avait entamé une vie de tournée, et souvent Marcia venait avec lui, elle s'était acheté un ordinateur portable, tous les jours elle faisait une copie de sa thèse sur une disquette qu'elle postait depuis la ville où ils se trouvaient, elle avait tellement peur de se faire voler son ordinateur, ou qu'il tombe en panne, de perdre son travail ; de retour à Paris elle regardait ces enveloppes répétées à l'infini avec son adresse écrite de sa main à elle : l'étrange sentiment que sa thèse s'écrivait petit à petit, par ajouts quotidiens, de disquette en disquette, ce petit rectangle en plastique masquant un disque magnétique comme stockage de son projet ultime de raconter tout le rire et toute la folie. Les dizaines de disquettes, elle avait fini par les jeter car elles ne servaient plus à rien : chaque dernière version annulait l'intérêt de conserver la précédente.

Michel, lui, jouait tous les soirs ou presque son spectacle, dans des lieux radicalement différents, ce pouvait être un Zénith comme une petite salle rurale, parfois même un camping, il tenait à cela, il avait suivi de très près avec son producteur les lieux de la tournée, il voulait parler à tout le monde, à toute la France, dans sa diversité géographique et sociale, c'est tellement pénible de sortir de chez soi, autant que ça me donne le sentiment que je n'oublie personne.

Les gens riaient. Les gens étaient stupéfaits. Les gens hoquetaient. Les gens hésitaient : parfois à comprendre. Les gens aimaient. Pas toujours, certains auraient voulu Jean-Marie Bigard ou Patrick Timsit ; Michel Le Fou c'était autre chose. Il fallait accepter d'entrer en osmose avec lui, avec son humour qui n'était pas là pour flatter les bas instincts, qui était là pour décoller, décoller ses auditeurs de leur morne réel et partir très haut. À la fin des gens lui disaient merci pour le voyage. Merci parce qu'il n'y a qu'avec vous qu'on peut vivre ça.

À la fin de l'année il avait eu quarante ans. Le choc avait été d'une violence infinie. Ce chiffre rond, ces quarante ans, ce n'était rien pourtant, rien d'autre qu'un symbole, mais derrière il y avait tout : tous les cauchemars, toutes les angoisses, tous les refoulés, tout était revenu, d'un coup, en masse, en pelote, en paquet, en toute forme possible de ce qui peut s'agglomérer pour faire sombrer un être humain.

Il avait mis un terme à la tournée de *Toutes les personnes*. Il avait mis un terme à presque tout, il gardait une chronique radio par semaine au lieu de cinq – et Marcia plusieurs fois avait carrément dû téléphoner à la radio, au réalisateur de l'émission, pour dire que Michel n'irait pas alors qu'il était attendu. Il pouvait laisser passer plusieurs semaines comme ça. Il avait fermé les volets : son expression pour dire qu'il ne pouvait plus être dans le monde, qu'il ne voulait plus jouer le jeu. Qu'il se retirait. Il passait la journée dans le lit ou sur le canapé, à ne faire quasiment rien, sauf éventuellement lire de vieux romans qu'il tentait de garder le plus longtemps possible en main – mais il finissait toujours par s'endormir, assommé par les médicaments et la dépression. Marcia se collait à lui, tentait de lui redonner goût à la vie, lui proposait de sortir dîner au restaurant. Il ne voulait pas.

L'argent n'était pas le souci, les droits de son spectacle tombaient avec retard, il lui restait plusieurs années à pouvoir ne pas travailler, sans compter les diffusions à la télé, et les droits de la radio, il pouvait ne rien faire et il ne faisait rien, il n'avait envie de rien, pas d'écrire, pas de faire rire. Pas de rire, évidemment.

Au bout d'un an, un peu plus d'un an, les choses allaient mieux. Il se levait. Il faisait deux chroniques par semaine, le mardi et le jeudi, à la radio. Il avait repris *Toutes les personnes* à quelques occasions. La presse people avait évoqué une dépression, une grosse fatigue, un burn-out, un besoin de prendre du recul, tout était scruté, tout était commenté mais ça restait entre les lignes, personne n'aurait jamais parlé de ses séjours dans des « cliniques de repos », ce terme suranné qui agaçait Marcia, ce n'était ni plus ni moins que des hôpitaux psychiatriques pour riches – il n'y avait que cela comme solution, la décision à chaque fois était difficile à prendre, on demandait l'avis du petit frère de

Michel, un mec avec la tête sur les épaules, un prof, malin et serein, et souvent ils prenaient un taxi tous les trois et ne revenaient qu'à deux : Marcia et le frère. Il fallait être patient.

Marcia dans un cahier avait noté : dans le rire il n'y a pas de mesure, on te pardonne de ne pas être comme les autres, de ne pas accepter les règles du jeu, ou plutôt d'être capable de les remettre en question, de réécrire un autre monde hypothétique plus élaboré que le monde réel qui est trop simple à décoder. Michel Le Fou est un comique qui ne peut pas supporter que le monde soit trop simple. Se déclarer soi-même fou c'est une façon d'y échapper : on sait bien que le fou c'est celui qui n'accepte pas que tout soit si facile. Si linéaire. Si censément cohérent. Le fou sait que le monde est chaotique, il sait qu'un chat n'est ni vivant ni mort (à la fois), il sait que le temps se distend et que l'espace est courbe, que des doubles de chacun d'entre nous vivent dans des mondes parallèles à des années-lumière, que certains font exactement la même chose que nous et que d'autres font l'inverse (en miroir et en temporalité). Le fou n'ignore pas que son enveloppe corporelle n'est qu'une hypothèse, que ses mouvements sont des vecteurs imaginaires, que sa voix est une fréquence aléatoire. Le fou n'est-il pas simplement celui qui a raison avant les autres ? Ou alors dans un autre univers-monde que celui des autres, mais qui n'est pas moins légitime ? Sinon Einstein aussi est un fou. Et même Copernic. Mais, quand même, Michel : à jouer le fou, l'est-il devenu ? Aller en H.P. quand tu te fais appeler Le Fou, ce n'est pas anodin. À l'inverse, faire rire pour rester vivant, non plus. Mais quand tu n'as plus l'énergie de faire rire, qu'est-ce qui se passe ?

Ces notes n'étaient pas destinées à être publiées, ni intégrées au travail qu'elle terminait.

En 2002, Marcia avait soutenu sa thèse – et c'était précisément ça le sujet. Ce jour-là à la Sorbonne, Michel : léger, brillant, charmant.

Ça n'avait pas duré.

Quand on ferme les volets, on ne voit plus du tout la lumière du jour. Il fait trop noir.

Il a fait trop noir. Alors qu'il savait se protéger du trop de célébrité, des sollicitations excessives et des fausses amitiés de notoriété, il n'a pas réussi à se protéger de ses propres démons. De ses pulsions de mort, comme il disait à Marcia, comme lui disait son psy et il aimait bien cette formule, elle lui servait à s'accrocher à un truc, comme on dit un truc de prestidigitateur, un truc permettant de repousser encore et encore la mort réelle, la mort en entier, là ce n'étaient que des pulsions, j'ai eu une pulsion, j'ai vidé le flacon, normalement c'est trois gouttes par jour j'en ai pris trois mille, c'est la pulsion tu sais, ma pulsion de mort. Je crois qu'il faut que je me fasse hospitaliser quelques jours, la pulsion est forte là, elle pourrait être vraiment trop forte, il vaut mieux que je ne puisse pas mettre la main sur le flacon, ni sur rien d'autre. On se retrouvera la semaine prochaine, ce sera mieux, j'irai mieux.

Il vivait toujours dans ce voyage épuisant et fascinant qui va de la pulsion de vie à la pulsion de mort, qui scintille, qui oscille, qui n'est jamais stable, jamais stabilisé, jamais posé. Il ondulait toujours entre trop et pas assez, ne connaissant que rarement l'état de juste-comme-il-faut : il était comme ces courbes sinusoïdales qu'on apprend au lycée, celles du courant alternatif, mais pour lui elles ne faisaient qu'effleurer le point central, les parties hautes et basses étaient interminables, les parties médianes étaient brèves, fugaces, et si rares.

C'était ça, la vie, alors, pour Marcia ; leur vie à tous les deux, c'était ces fragments intensifs toujours secoués, toujours remis en question : et à Marcia ça paraissait normal – on s'habitue à tellement de choses, quand on est un être humain, on a une telle souplesse dans une vie de couple, on s'adapte à tant de choses différentes et potentiellement contradictoires.

Michel connaissait peu le repos, mais en réalité la tranquillité leur faisait peur à tous les deux, parfois ils croisaient des couples, même dans les milieux parisiens un peu modeux ou super branchouilles comme on disait au début des années 2000, des couples qui leur semblaient si parfaitement s'ennuyer dans leur vie commune et leur vie tout court, malgré la démesure sociale tout semblait plat, malgré le fric la coke le glam ; Marcia et Michel eux adoraient se balancer des oreillers à la figure avant de se sauter dessus, adoraient tout plaquer, abandonner leur appartement pour aller dormir dans des hôtels miteux ou luxueux, aimaient ne pas savoir de quoi le lendemain serait fait tout en calant sur leurs agendas des spectacles ou des colloques trois ans à l'avance, ils ne voulaient pas uniquement la totale improvisation ou la super-anticipation, ils voulaient les deux, ils voulaient tout et le reste. Les vacances devaient être totalement libres mais en même temps entièrement anticipées, et de toute façon c'était tout le temps les vacances, et tout le temps le travail, sur un petit atoll polynésien ou dans une cabane préalpine il y avait de l'écriture, il y avait de la recherche, et à Paris au milieu du boulot il y avait de la fête le mardi à douze heures vingt, ils organisaient soudain de grands dîners en amoureux au milieu de l'après-midi ou de la nuit, tout était toujours possible, souhaitable, rien ne leur semblait mesquin, rien n'était jamais limité.

Toutes les personnes : c'était ça aussi le spectacle de Michel, le moment où il incarnait toutes les personnes qu'il était dans sa tête. C'était le sketch 8 du spectacle, parce qu'un 8 si tu tournes la tête c'est l'∞, et il y avait une infinité de personnes dans sa tête ; ça commençait avec le récit de Michel appelant au téléphone une administration et la dame au bout du fil lui disant, parce qu'il n'arrêtait pas de changer de ton, de voix, d'accent : mais vous êtes plusieurs à parler ou quoi ? Et lui : non je suis seul mais enfin comme on est plusieurs dans ma tête vous voyez...

Marcia aimait énormément ce sketch numéro 8/∞, peut-être plus encore que le public, elle aimait ce qu'il racontait de leur vie en faisant croire que ce n'était pas la véritable vie, pas possible que la vie ce soit ça, d'ailleurs ce sketch est le seul où il ait jamais parlé d'elle, il racontait que la femme avec laquelle il vivait était aussi beaucoup de personnes, ce qui fait que quand on est tous les deux ça fait vraiment beaucoup. Pas besoin de proposer à des amis de venir, c'est rempli d'invités chez nous ce soir. C'est vrai parfois on s'y perd : on s'est déjà rencontrés, non ? Ah vous c'est celle qui traque les trajets migratoires des cigognes cendrées ? Moi je suis concepteur d'idées qui ne servent à rien, mais laissez-moi vous présenter un autre moi qui répare les conduits de cheminée défaillants, ceux qui ne conduisent pas bien jusqu'au ciel, enchanté mademoiselle vous venez pour concevoir un espace en sept dimensions, entrez je vous en prie. Nous allons dîner tous ensemble. Nous allons réinventer mille mondes ce soir, nous ne serons pas de trop d'être deux, d'être l'infini, d'être trop. Nous ne serons pas de trop d'être trop.

Vertige des possibles.

Démesure des pensées.

Elle aimait ça tout autant que lui. Elle était ça tout autant que lui. Dans le spectacle comme dans la vie. Tout ou presque de ce sketch ils l'avaient vécu : ils adoraient se raconter des histoires folles et infinies à partir de leurs doubles potentiels. Toutes les personnes à eux deux.

Mais quelle place Marcia avait-elle réellement dans ce couple ? Est-ce qu'elle n'était que la muse de, celle qui réfléchit pour, l'analyste de ? Est-ce qu'elle avait une place égale à celle de Michel, est-ce que ses craintes à elle prenaient autant de place que les siennes à lui ? Est-ce que son planning à elle pouvait l'emporter sur son planning à lui ? Est-ce que ses envies à elle pouvaient passer avant ses envies à lui ?

L'égalité, c'est impossible dans un couple ; dans la vie en général. Il faut tenter l'équité, la fabriquer tout le temps, en gardant en tête en plus le poids de la vieille domination masculine qui cède si difficilement : inventer une vie de couple hétérosexuelle où personne n'est jamais lésé demande une souplesse absolue, une attention énorme, un effort constant – et évidemment Michel Le Fou n'allait pas assez bien pour ça.

Ce n'était pas une relation équilibrée. C'était un couple dont une des deux branches était hypertrophiée : l'un des deux occupait plus d'espace que l'autre. Et pourtant Marcia se sentait bien dans cette vie-là, c'était tout le paradoxe : Marcia, pourtant si intelligente, si attachée à l'égalité des sexes, vivait cette histoire toujours positivement, acceptait cette asymétrie entre eux deux parce que c'était tellement riche ce que ça produisait pour son état d'esprit, pour son sentiment à elle d'être en vie. Parce qu'elle n'avait jamais rencontré personne qui lui semblait *à la hauteur*, à sa hauteur, capable de paraître *plus* ou *autant* qu'elle, et pas *moins* qu'elle – plus, ou moins, quoi ? Difficile à dire. Simplement facile à constater. Impossible à expliquer. Elle n'a jamais cherché à vraiment l'expliquer. Elle le vivait jour après jour, c'était ainsi.

Mais à un moment, quand même : ça n'allait plus complètement, entre eux, ça n'allait plus comme les choses doivent aller quand ça se passe bien dans un couple. Il y avait une distance, une difficulté, une forme d'impossibilité à tout parfaitement connecter, les crises de mal-être de Michel d'un côté et de l'autre la vie professionnelle de Marcia qui se mettait en place, les cours à la fac, les colloques, les articles à écrire, vie pour laquelle il fallait une structure un peu plus reposante. Les nuits blanches à se disputer ou au contraire à prendre la voiture pour voir le lever de soleil à Étretat n'étaient plus vraiment adaptées à la vie qu'elle voulait s'autoriser à construire : ils étaient moins en résonance l'un avec l'autre, peut-être aussi parce que, à ce moment-là, elle lui offrait moins d'elle-même, qu'elle pensait plus à son propre chemin. Ils n'avaient plus l'âge de leur rencontre, de vingt-trois ans elle était passée à trente et un, et lui de trente-huit à quarante-six, ce qui induit qu'elle avait en réalité beaucoup plus changé que lui. Il aurait fallu recaler des choses, réorganiser l'espace mental générant leur relation qui ne pouvait plus être la même – il aurait fallu se consacrer à affronter la vie qui dure, qui doit se structurer tout en restant intense. Marcia y était sans doute prête – mais lui ?

Lui n'était plus capable de cet effort. Lui commençait à être submergé. Coup sur coup en quelques semaines il avait plongé deux fois, la première fois alors qu'elle n'était pas là, en colloque en Italie, et le coup de téléphone de quelqu'un de l'hôpital, dans le service qui le suivait, blême matin à Parme, elle avait annulé sa conférence pour rentrer à Paris et dans la chambre d'hôpital il lui avait fait un numéro tellement drôle, elle avait ri aux éclats, il parlait du type qu'il avait rencontré la veille en réa, qui avait bu une bouteille entière de Destop, qui s'était cramé les intestins mais qui s'en était sorti et Michel faisait une typologie des façons de passer à l'acte, lesquelles étaient dignes, lesquelles étaient absurdes, lesquelles avaient de la classe – franchement le Destop ça ne va pas. Ça ne va vraiment pas. Ça fait trop mal et c'est même pas efficace.

La deuxième fois elle était allée passer la journée chez ses parents en Normandie, le matin il était joyeux, il voulait se mettre à écrire, elle prenait un train tôt et ils s'étaient levés ensemble, c'était le moment où il avait décidé d'écrire un nouveau spectacle, ça faisait six ans qu'il avait créé *Toutes les personnes* et il disait qu'il en avait fait le tour, il avait rallongé des choses, enlevé d'autres, mais ça datait maintenant – il n'y a pas de chef-d'œuvre qu'il ne faille pas un jour tenter de dépasser.

Ce matin-là il était plein d'énergie, il lui avait annoncé que son spectacle il allait l'appeler *La Dernière Personne*, pour que ça boucle, ils s'étaient embrassés avec beaucoup de joie, elle était partie le cœur léger et le soir en rentrant quand elle avait vu le corps dans le lit elle avait été tellement cueillie par la surprise, corps absent à lui-même, appeler le samu partir à l'hôpital lavage d'estomac, cette fois-là il ne l'avait pas fait rire en parlant d'un autre énergumène ou d'un quelconque produit ménager. Il n'avait pas réussi à être drôle.

Les semaines après avaient été bizarres. Il allait mieux, il semblait aller mieux : il allait réellement mieux. Il était serein, il semblait avoir une force vitale, cette force qu'elle voyait de moins en moins ces derniers mois, ces dernières années, cette force semblait être là de nouveau. Mais les choses n'allaient plus du tout entre eux deux, c'était chaotique, c'était distordu, c'était invivable en réalité, ce n'était pas les soubresauts joyeux de leurs débuts, c'était des accidents permanents dont on ressort hagard, désorienté. Marcia était perdue et elle sentait le sol se dérober sous ses pieds à elle – et ça elle ne le supportait pas, elle ne voulait pas de nouveau se retrouver secouée, perdue, fracassée. Elle savait que sa fragilité à elle pouvait, d'un coup, brutalement, la broyer, l'entraîner dans d'autres dérives. Et ça elle ne le voulait pas. Plus jamais.

Quand Michel lui avait dit qu'il fallait que ça s'arrête entre eux, elle n'avait pas dit non. Elle sentait que c'était la seule solution pour poursuivre sa route à elle, sereinement. Elle savait faire attention à ça. Elle avait appris, essentiellement grâce à la psychanalyse, à mettre en place un schéma de défense quand il était question de sa propre survie. Et là il en était question.

Ils s'étaient séparés bons amis.

Ils se voyaient de temps en temps, presque comme si de rien n'était : presque ensemble. Mais ils n'étaient plus ensemble.

Un jour Marcia était partie au Québec, donner une master class à Montréal dans un festival universitaire du rire avec des humoristes québécois et des chercheurs – et puis un matin son téléphone avait sonné. Le numéro du frère de Michel. Elle avait décroché. Le frère avait juste prononcé le prénom de Michel.

Et puis un blanc.

Et puis : c'est fini.

Elle s'était effondrée. Jamais de sa vie elle n'avait autant pleuré ; derrière elle, un joyeux personnage trompetant dans une bulle vert fluo

On est mourants à l'université de Montréal ! – au Québec on dit « mourant » pour dire « drôle ».

Le plus étonnant (tout est étonnant avec elle ; rien n'a jamais été classique, rien de banal dans la façon dont se sont tissés les événements de sa vie, dont elle les a vécus, dont elle les vit), le plus étonnant c'est la façon dont la culpabilité Marcia a réussi à la surmonter – elle était retournée voir son psy, qu'elle ne consultait plus depuis quelques années, elle avait fait quelques séances pour évacuer, et à propos de cette culpabilité qui rôdait autour d'elle, au début, il lui avait dit qu'il avait un patient dont la mère avait décidé de mourir quand il était enfant : il avait quatre frères et sœurs ; et le psy avait ajouté si une femme est capable de laisser cinq enfants, cinq enfants que par ailleurs elle aime énormément, si elle est capable de passer à l'acte malgré ces cinq personnes qu'elle chérit, est-ce que vous imaginez que qui que ce soit puisse retenir quelqu'un qui veut s'en aller ? Rien n'aurait pu retenir Michel, rien et donc pas vous non plus, malgré toute l'affection qu'il avait pour vous, qui avait sans doute pris la suite de l'amour, malgré aussi l'affection que vous aviez pour lui, ce qui le traversait n'était pas dans le même champ que la vie réelle, c'était un autre espace-temps, comme parallèle, dans lequel ni l'amour, ni la paternité, ni rien ne peut régler ce qui ne marche pas. Vous ne pouviez pas le sauver. Personne ne peut sauver quelqu'un qui n'arrive pas à trouver son attache dans le monde. Et s'il vous a proposé que vous vous sépariez avant son passage à l'acte final, c'est certainement parce qu'il savait très bien qu'un jour il le ferait, il y arriverait, et qu'il voulait vous protéger, vous dire clairement que ce n'était pas dans votre histoire, dans votre *temps*, que cela aurait eu lieu.

Ce n'étaient pas ces phrases-là qui avaient particulièrement aidé Marcia, phrases efficaces mais un peu banales ; ce qui l'avait aidée c'était l'histoire de la femme aux cinq enfants. Le cerveau de Marcia, implacable, avait déroulé un plan prouvant que si une femme qui a cinq enfants qu'elle élève et qu'elle aime n'arrive pas à tenir, alors personne ne peut. Rien. Faire. Pour sauver l'autre. Elle avait donc accepté de ne pas se sentir coupable : d'être partie à Montréal, de s'être séparée de lui, d'avoir laissé les années précédentes construire une distance, de l'avoir vu perdre de plus en plus pied sans assez réagir : mais réagir comment ? Comment sauver quelqu'un contre son gré ? Comment régler les problèmes de celui qui n'est pas toi et qui ne trouve plus le chemin pour rester en vie ?

Marcia n'était pas coupable.

Mais la culpabilité, c'est une chose – l'absence, une autre.

Ce n'est pas seulement Michel qui était parti : le monde que Marcia habitait avec lui avait disparu. Ce monde s'était effacé d'un seul coup pour elle en même temps qu'il avait disparu lui : tout ce qu'ils avaient vécu ensemble n'existait plus. Après une séparation, les choses restent – après la mort, il n'y a plus rien. C'est absurde mais c'est ainsi : Marcia, juste après leur séparation, allait bien, se sentait un peu triste évidemment, un peu seule bien sûr, mais était légère, avançait de nouveau dans la vie à son rythme, dans son chemin.

Après sa mort, brutalement, elle n'avait plus su comment habiter le monde. Elle ne trouvait plus aucun sens à ce monde qui soudain paraissait si vide : la présence de Michel, sa façon de l'habiter, était si forte. Si intense. Mais ce n'était pas seulement cela. Pas seulement parce que lui, Michel, était plus présent dans la vie qu'un autre que son absence était intolérable aux yeux de Marcia. C'était parce qu'elle n'avait pu se raccrocher à aucune explication, à aucune justification – rien n'était assez cohérent, ne formait assez de logique pour lui expliquer, à elle, sa mort, à lui. Elle avait bien vu les gens autour d'elle vivre des deuils, celui-ci ou un autre, le petit frère de

Michel, une bonne copine dont le mari s'était tué dans un accident de moto, les parents d'un collègue de l'EHESS fauché si jeune par une foutue maladie : ce n'est pas qu'ils n'étaient pas tristes, c'est simplement qu'ils trouvaient une façon de s'expliquer la finalité de la disparition, ils parvenaient à se raccrocher à un récit faisant sens, un récit dans lequel la mort des autres s'inscrit, génère de la tristesse mais trouve une place, un grand récit de l'histoire de l'humanité où l'on vit et l'on meurt sans avoir le contrôle de tout.

Marcia non : impossibilité sèche à comprendre ce récit, à l'accepter, à le partager. Accepter d'être en vie est déjà tellement complexe : mais on peut se dire que le mouvement est lancé, on s'interroge tout le temps mais quelque chose d'une machinerie sans pause possible t'oblige à avancer – en revanche, accepter la mort lui avait été impossible. La mort de l'autre ; son absence. Impossible de trouver la moindre clé. Ni Dieu ni la psychanalyse ni la littérature ni le soleil du printemps suivant, rien ne lui avait permis de trouver une ouverture. Une hypothèse. Une brèche. Rien.

Elle n'avait eu aucune pulsion de mort. Mais sa pulsion de vie se heurtait à quelque chose de fermé : il n'y a pas de raison à ce qui s'est passé. Il y a mille raisons potentielles mais aucune ne peut convenir. À l'enterrement, le petit frère de Michel avait longuement pleuré dans les bras de Marcia, des sanglots si épais, si secoués, si loin dans la tristesse, si difficiles à consoler – et puis quelques jours après, lorsqu'elle avait déjeuné avec lui, il lui avait parlé statistiques, il avait parlé passage à l'acte lié à la prise de médicaments, il avait parlé bipolarité, il avait parlé engrenage, il avait parlé destin, il avait parlé logique. Il avait trouvé une logique : dans un sens Marcia l'admirait, le jalousait même – elle savait combien il aimait son grand frère et combien la mort de Michel était dure pour lui mais, voilà, il arrivait à l'accepter. Il l'acceptait parce qu'il n'y avait pas d'autre solution. Or Marcia avait beau savoir qu'il n'y avait pas d'autre solution elle voulait en trouver une. Elle ne cessait d'en chercher : elle cherchait, au contraire du petit frère, à mener une contre-enquête intérieure, une contre-enquête disant que malgré les médocs, malgré la profondeur de la dépression, malgré toutes ses tentatives avant, les choses auraient pu se passer autrement, Michel s'était mis enfin à travailler sur son nouveau projet de spectacle, *La Dernière Personne*, il tournait autour depuis longtemps mais là pour de vrai il commençait à écrire, il lui en avait parlé plusieurs fois les dernières semaines. Il avait décidé d'écrire un spectacle sur la tristesse. Il s'était mis en tête de faire rire avec la tristesse, un pari un peu délirant mais c'était Michel Le Fou, n'en était-il pas capable ? Il était capable de faire rire de tout. De rien.

Quand avec le frère de Michel Marcia avait rangé ses affaires, décidé de tout archiver, elle avait trouvé le dernier cahier de Michel. Le frère était reparti, il était difficile de faire chaque jour plus d'une heure ou deux de rangement, c'était un tel déchirement. Restée seule, Marcia avait décidé de regarder le cahier de Michel. Celui de son nouveau spectacle.

Elle l'avait ouvert, ses mains crispées comme si elle avait le tétanos au stade ultime. Elle avait regardé les petites phrases qu'il avait écrites. Ce n'était pas drôle ; absolument pas drôle. Ça parlait de la tristesse, oui, mais ce n'était pas drôle : c'était triste. Désespérément triste. Infiniment triste. Des lambeaux de phrases, comme des blocs qui s'effritent sur une falaise vieille de mille ans qui ne tient plus, qui va s'effondrer totalement. Jamais il n'aurait pu faire rire avec ça. Il ne savait plus faire rire : était-ce la cause, ou la conséquence, de son état ? Comment répondre à cette question ?

Une fois, des années avant, Michel avait inventé un conte pour Marcia. Un soir, tard, avant de s'endormir, il le lui avait raconté ; il l'avait inventé pour elle. Le conte du roi qui ne rit plus. Et à la fin Michel avait dit à Marcia qu'il fallait bien comprendre que ça parlait d'eux. Il avait dit, exactement : ça parle de nous. Marcia n'avait jamais compris pourquoi ça parlait d'eux. Et ensuite c'était trop tard : il n'était plus là pour lui expliquer.

Elle ne saura jamais.

Il y a tant de choses qu'on ne saura jamais. Il faut arriver à l'accepter.

(C'est un roi qui ne rit plus, qui adore rire et qui ne rit plus. *Nous voulons rire ! Nous nous ennuyons.* Il fait battre le rappel dans tout le royaume pour trouver force bardes, bouffons, pitres et zouaves. Mais cela ne marche pas : ils ne le font jamais rire. *Nous sommes las de gens si sots.* Alors le roi décide d'organiser une joute cruelle et désopilante où s'affrontent, un à un, des gens du peuple, ou des seigneurs, ou des prêtres, qui essaient de le faire rire. Car celui qui fera rire le roi aura fortune assurée et épousera sa fille unique, si belle et tellement intelligente. Et il deviendra roi quand le roi sera mort. C'est un conte à l'ancienne, sexiste mais le monde était comme ça à l'époque. Alors ils sont nombreux ceux qui essaient de faire rire le roi. Tous y jouent leur vie, car qui perd contre l'autre, qui fait moins rire que l'autre, est immédiatement exécuté. *Nous n'aimons pas la cruauté mais nous voulons que ne viennent ici que ceux qui ont un intérêt vital à nous faire rire.* Chaque duo est une merveille d'humour, tous les hommes qui montent sur scène rivalisent d'ingéniosité, d'intelligence, de brillance, d'humour – le public a le droit d'assister aux joutes du rire et rit sans fin. Mais le roi pas. *Nous vous trouvons si peu amusants*. Et puis arrive un homme pince-sans-rire, un petit boiteux au nez tordu qui ne dit que des choses désagréables. Soir après soir, le roi lui donne le droit de revenir le lendemain : c'est toujours l'autre qui perd. L'autre qui est exécuté. *Nous ne rions pas vraiment mais nous reconnaissons que ton humour fait mouche, petit bonhomme*. Le petit bonhomme est sans conteste l'homme le plus drôle du royaume. On se demande pourquoi personne ne le connaissait, pourquoi il ne faisait pas profession de sa voix éraillée et insolente. Soir après soir, la princesse rit à gorge déployée. Le boiteux revient. Le boiteux n'a pas peur de la mort. Le boiteux est plus fort que la mort. Et un soir, il s'adresse au roi et lui dit *mais mon pauvre tu ne ris pas parce que tu n'es pas drôle, c'est aussi simple que ça*. Le roi est interloqué. *Que nous dis-tu ? Que veux-tu nous dire ?* Et le boiteux insiste : *tu es un roi sinistre, un homme de peu, un triste sire, pas étonnant que rien ne te fasse rire car le mal n'a jamais fait rire et tu n'es fait que de mal.* Et le boiteux ajoute *je te dis ça parce que ça me fatigue tous les soirs de venir tenter de te faire rire pour sauver ma tête, tu n'as qu'à me jeter aux lions puisque finalement il n'y a que ça qui te plaise, tuer les gens qui ne te font pas rire plutôt que te demander pourquoi tout le monde rit sauf toi.* Le roi retient ses hommes déjà prêts à transpercer le petit boiteux de mille hallebardes. Le roi décide que ce drôle de drôle (drôle) a raison. Il le libère, arrête les jeux du rire, entame une profonde dépression dont il ne sortira pas. *Nous sommes las de nous-même. Nous souhaitons arrêter de dire* nous *pour parler de moi. Et moi je m'arrête là.* Il s'arrête là. Ensuite la princesse décide d'épouser le boiteux, ce qui advient après quelques péripéties. Le boiteux devient roi à son tour et continue de faire rire son peuple. Tout semble bien qui finit bien. Mais non : un jour, le roi boiteux est vieux, plus personne ne sait qu'il boite car il est toujours assis sur son trône ; il n'a plus goût à grand-chose. *Nous voulons rire ! Nous nous ennuyons.* Et ainsi reprend.)

4

Maxence, Michel, Marcia

Nous nous sommes connus, tous les trois. Indirectement seulement. Toi, tu nous as connus tous les deux, d'abord lui, ensuite moi ; nous ne nous sommes jamais connus tous les trois ensemble. Tu as joué ce rôle très particulier de nous unir, à défaut de nous réunir.

Souvent je me demande. Comment est-ce que ça se serait passé si nous nous étions connus tous les trois en même temps ?

Nos vies potentielles, on a le droit de les imaginer, on a le droit de se les raconter, de les raconter – pourquoi pas celle-là ? Parce qu'elle est absurde ? Parce qu'il est mort avant que je ne te rencontre ? Parce que si je t'avais rencontrée quand tu étais avec lui cela aurait été une impasse ? Peut-être pas une impasse : j'aurais pu devenir votre ami, à tous les deux : moi avec

Sandra, ou Pauline, ou Soph, moi avec une de ces filles qui ont partagé ma vie, et vous deux. Nous quatre – non, nous trois en réalité, qu'est-ce que Sandra et sa jalousie, qu'est-ce que Pauline et son envie de réussir, qu'est-ce que Soph et son égoïsme, auraient pu comprendre à Michel et toi ? À la grâce et au rire ? À l'intelligence ? Je sortais avec des filles qui n'étaient pas faites pour moi et je n'étais pas fait pour elles, très vite je me fatiguais de leur envie de rester près du sol, toute une existence si matérielle, si réelle – alors que je cherchais à être dans un substrat gazeux, ni vraiment solide ni vraiment liquide, un état intermédiaire, présent dans le réel mais aussi dans l'imaginaire : je voulais une vie magique, sans substances, sans violence, une vie magique par la simple magie de la vie, et je n'y arrivais pas avec elles. J'y arrivais à peine avec moi tout seul mais au moins je cherchais.

Avec Michel et toi j'aurais peut-être réussi, nous aurions peut-être vécu une vie magique, tous les trois ; mais comment ? Avec ce genre d'histoires qui nourrit les imaginaires polyamoureux ? Je ne sais pas : étions-nous faits pour ça ?

Peut-être. Peut-être qu'on aurait réussi à le vivre, peut-être que ça nous aurait fait du bien de le vivre, à lui autant qu'à moi, nous confronter de manière directe à un *autre*, un autre soi, un autre comique, un autre être pas-vraiment-comme-les-autres. Être un plus un avec une. Deux doubles, séparés par vingt ans d'âge, et une femme. C'est ce qui nous arrive, à vingt ans d'écart : quelle différence ? Trois M., dont deux qui aiment la même.

Vivre avec quelqu'un comme toi, je sais que c'est ça que je cherchais, puisque c'est ce que je vis maintenant. Avec Michel, je l'imagine : j'ai tant pensé à lui, je l'ai tant admiré, j'ai tant vécu avec lui, virtuellement, en allant voir ses spectacles, en l'écoutant à la radio, en lisant même ses sketchs que je retranscrivais et que je jouais à voix haute, devant une glace. Sa voix dans mon corps. Pourquoi ne pas aller un peu plus loin ?

Nous habitions la même ville, tous les trois. La toute petite ville de Paris. Nous étions distants de si peu de kilomètres, trois kilomètres peut-être, qu'est-ce que trois kilomètres alors que dans une vie entière on en parcourt plus de cent cinquante mille ? Je n'avais qu'à faire quelques pas, qu'à venir à vous, ce 13 avril 2000 j'étais là, à la première de *Toutes les personnes*, et tu étais là, à l'attendre dehors parce qu'il prenait toujours une douche avant de sortir, et à un moment il a été là, je n'avais qu'à être au même endroit au même moment, devant la porte des artistes, et vous parler, m'adresser à vous, toi cette jeune femme de mon âge et lui ce garçon plus âgé, vous parler, me présenter, partir dîner avec vous, un de ces dîners d'après-spectacle où celui qui a fait rire est vidé, n'a plus tellement d'énergie parce que son énergie il l'a offerte au public, il l'a entièrement dilapidée, et où l'autre, le jeune humoriste qui n'était pas sur scène ce soir-là, veut briller, veut séduire, veut séduire plus encore son aîné que la femme qui l'accompagne, mais celle-ci aussi évidemment, aux deux il veut montrer qu'il est à la hauteur, qu'il mériterait qu'ils lui fassent une place pas seulement sur cette banquette confortable, pas seulement pour ce dîner : dans leur vie en entier, dans leur univers mental et dans la réalité de leur quotidien. Et ç'aurait sans doute été possible : ni toi ni Michel n'étiez tout à fait conventionnels, nous avions tous les trois un appétit un peu démesuré, nous avions besoin d'essayer des choses qui ne ressemblent pas aux choses simples. Pourquoi pas vivre à trois ?

Mais en fait non. Si, vivre à trois, mais il aurait fallu se connaître plus tôt. Avant *Toutes les personnes*, juste avant qu'il commence à l'écrire – on aurait pu l'écrire à deux, lui et moi, j'aurais pu travailler avec lui, peut-être pas écrire avec lui mais nous aurions été tous les trois ensemble durant cette période de création. Moi comique débutant le regardant tester des parties de son spectacle et donnant mon avis de temps en temps : lui la cheville ouvrière qui bâtit l'ensemble, cheville architecturale, et moi celui qui ajoute des choses un peu dans toutes les directions, cheville arachnéenne ; et toi aussi évidemment, comme tu le fais avec moi maintenant, comme je sais que tu faisais avec lui aussi.

J'aime énormément *Toutes les personnes*, c'est sans doute le spectacle le plus incroyable de l'histoire des spectacles comiques contemporains, mais : il n'y a pas d'œuvre d'art qui ne soit perfectible. Je l'aurais aidé à gagner en densité (il y a quelques longueurs, quelques effets un poil répétitifs), je lui aurais proposé de mettre plus de chansons (il était si fort quand il inventait ses personnages de chanteurs du monde entier, il avait de quoi encore dérouler une litanie d'univers), j'aurais sans doute poussé à augmenter un peu le degré de cruauté (il se retenait parfois d'aller trop loin dans la tension avec le public, moi ça ne me fait pas peur), j'aurais proposé qu'il travaille plus de personnalités différentes dans sa façon d'interpréter, sa capacité à ouvrir des couloirs infinis vers d'autres lui-même était tellement forte, tellement puissante et belle et émouvante, je l'aurais aidé à y aller, à aller encore plus loin, plus loin vers la perfection qu'il tutoyait tout le temps. Là il lui aurait carrément dit *je*.

Ensuite, après quelques mois passés à roder *Toutes les personnes*, Michel m'aurait aidé à écrire mon premier spectacle, il m'aurait soutenu avec attention, avec respect, avec bienveillance, comme un mec plus vieux qui apprécie l'énergie de la jeunesse, comme un passeur aussi, quelqu'un qui sait qu'un jour un nouvel entrant prendra sa place et ça ne lui fait pas peur, il est prêt à transmettre le flambeau, il était l'humoriste le plus drôle de sa génération alors il aurait bien pu m'offrir ce titre : pour la génération suivante.

La vie quotidienne je ne sais pas, j'imagine qu'on aurait trouvé facilement une façon de faire, peut-être deux appartements sur le même palier, peut-être un duplex, ou alors une grande maison en grande banlieue, nous aurions su construire un équilibre où trois personnes vivent ensemble et s'aiment par duopoles et par tripole, je sais bien que c'est compliqué mais qu'est-ce qui n'est pas compliqué sur Terre ?

Cela n'a pas eu lieu. Nous n'avons pas vécu à trois. Nous ne nous sommes pas connus tous les trois.

Un jour dans ton livre *Le rire a-t-il un avenir ?* je suis tombé sur le passage où tu cites une étude anglaise, ou américaine, en tout cas anglo-saxonne, qui dit que les comiques les plus drôles meurent dix ans en moyenne avant les autres. Il y a cette note, terrible, terrible venant de toi, mais terrible tout court, une note rappelant que

Michel Le Fou à quarante-sept ans était mort avec *bien plus* que dix ans d'avance, note terrible parce que tu l'avais écrite juste après sa mort et que comme souvent tu essayais de mettre à distance par l'analytique ce qui t'avait touchée de si près – mais donc : j'ai immédiatement fait le calcul, je me suis dit quarante-sept plus dix ça fait cinquante-sept, car si je suis ce comique moins drôle que lui alors je vivrai dix ans *de plus* que lui mais ça ne fait pas tant que ça, c'est déjà bientôt, il me reste, quoi, une douzaine d'années avant que la mort me tombe dessus pour me signifier que ce destin qui m'unit à lui, qui l'unit à moi, et tous les deux à toi, ce destin va se mettre à nouveau en branle, et tu vas voir encore celui que tu aimais disparaître ? Et rester seule car tu es la plus forte, de l'intérieur et de l'extérieur, voir tous autour de toi qui tombent et toi qui tiens ? Nous deux malades – mais dans cette histoire où deux fois deux font trois, je n'aurai sans doute pas le même destin que Michel, je n'ai pas autant de talent que lui, pas autant d'angoisses non plus, pas de raisons de me faire avaler par moi-même, de devoir nourrir ce qui m'ôte la vie, je n'aurai pas ce destin mais j'aurai une autre sorte de maladie, pas une maladie de la tête mais une maladie du corps, c'est un peu la même chose mais la mort ne vient pas de ton geste à toi, et pourtant elle vient de toi, elle vient de cellules à toi qui s'en prennent à toi, elle te vainc par toi-même : comme lui finalement. Différemment, mais comme lui.

Tu sais, moi je suis pragmatique, je ne cherche pas midi à quatorze heures neuf ; j'aime les explications claires et immédiates. Et il m'a toujours semblé évident que Michel était plus triste que moi parce qu'il était plus drôle. Tellement plus drôle. Cette vieille notion du clown triste, on ne peut rien faire contre. Rien du tout. J'aimerais bien comprendre simplement. Pourquoi est-ce que quand quelqu'un est tellement drôle c'est qu'au fond tout est si noir en lui ? Michel était tellement drôle, tellement triste ; il n'est plus là. Je suis moins drôle, moins triste ; toujours là.

C'est étrange : quand j'étais au lycée, ça n'allait jamais avec les profs, pas parce que j'avais des mauvaises notes mais ça n'allait pas, le contact ne se faisait jamais, avec aucun d'entre eux, j'étais ce que j'étais et cette personnalité n'avait pas envie d'être à une place d'élève, ne prenait jamais vraiment cette place – un de mes profs en conseil de classe avait dit, le délégué me l'avait répété avec presque un peu de crainte dans le regard, il avait dit : le problème de Maxence c'est qu'il refuse d'avoir un maître. C'était vrai. Ça a toujours été vrai, il n'y a pas eu de moment de ma vie où j'ai accepté la place de celui qui a un maître.

Mais pour lui oui. Oui, je peux le dire : Michel c'est mon maître – là j'aime cette expression, je l'assume sans problème, d'ailleurs je t'ai dit ça, tu te souviens, dans l'entretien que tu as fait avec moi la première fois que l'on s'est vus, et je l'ai dit dans d'autres interviews : c'est mon maître. Et je sais que je ne serai jamais à sa hauteur, jamais je ne serai aussi drôle, aussi exigeant, quand je relis les textes de ses sketchs je suis stupéfait par la précision de ses mots, rien n'est jamais laissé au hasard, moi je suis tellement brouillon parfois, je me laisse aller à ma paresse, au sentiment que c'est bon simplement parce que c'est bon. Lui non : quand son texte est prêt, ce n'est pas seulement que c'est bon – c'est au-delà de bon.

C'est mon maître : mon maître à penser, mon maître d'armes (bien sûr que l'humour c'est la plus puissante des armes), mon maître matriciel, celui qui m'a ouvert la route, celui qui m'a permis d'être celui que je suis. Mon maître, sans domination, sans rivalité.

Un jour, c'était avant de te connaître, j'ai écrit un texte sur mon ordinateur. Tu sais que j'aime écrire mes spectacles avec un bout de papier griffonné, pas mal d'improvisation orale que j'enregistre avec un dictaphone, puis à la fin seulement je retranscris le texte en le tapant à l'ordinateur – là c'était différent, je me retrouvais devant une page blanche (avec le gris informatique autour) et j'ai commencé à écrire une lettre à Michel Le Fou. Une lettre qui commençait par : *nous aurions dû nous connaître, tous les deux*.

C'était une déclaration d'amitié, c'est étrange d'écrire à quelqu'un qu'on ne connaît pas, quelqu'un qu'on n'a jamais rencontré, quelqu'un qui en plus est mort, en lui parlant comme si c'était un ami, comme s'il avait pu être, dû être, mon ami, mon meilleur ami, mon ami le meilleur, comme si cette amitié existait dans un espace virtuel, ni dans le hier, ni dans le aujourd'hui, ni dans le demain, mais quelque part – ailleurs.

Elle était belle cette lettre, je lui parlais de moi, je lui parlais de lui, je lui parlais de nous deux (nous deux c'était lui et moi, ce n'était pas toi et moi ; puisque je ne t'avais pas rencontrée encore – mais finalement ce *nous deux* aurait pu si facilement se transformer en *nous trois*, il aurait suffi, il suffirait que je réécrive un peu ma lettre, que je t'ajoute, et notre histoire d'amitié à deux plus votre histoire d'amour à deux plus notre histoire d'amour à deux, toi et moi cette fois, seraient devenues très simplement une seule histoire pour nous trois). Et dans cette lettre je cherchais à le faire rire puisque lui m'avait fait tant rire, je voulais lui *rendre* quelque chose, lui redonner un peu de ce qu'il m'avait offert, le contre-don de l'humour, un peu comme parfois des spectateurs maladroits mais sympathiques m'envoient des petites vannes mignonnes un peu loupées sur les réseaux sociaux – quand même, ça me touche.

Moi qui suis tellement dur en général avec les gens, là avec Michel, là dans cette lettre j'étais plein de tendresse, plein de cette amitié amoureuse qui ne m'avait jamais lié à aucun garçon, j'étais transporté par le désir de lui plaire et l'espoir d'aboutir à quelque chose. Mais bon. Il était mort.

J'écrivais à un fantôme.

Cette lettre, c'était comme si j'envoyais un SOS à quelqu'un dont je pensais qu'il était le seul qui aurait pu me comprendre – et il n'était plus là pour me comprendre. Tu comprends, Marcia ? Est-ce que tu me comprends ?

Je vais terminer cette lettre, cette lettre-ci, cette lettre d'aujourd'hui, celle qui parle de nous trois, je vais l'imprimer et puis je vais la laisser, la poser sur notre lit un jour où je sais que tu rentres avant moi. Cela faisait longtemps que je voulais te dire tout ça mais je n'arrivais jamais à t'en parler, à te le dire vraiment, à ce que les mots sortent de ma bouche, c'est plus facile de les sortir de l'imprimante et puis de les laisser sur un lit. Des mots sur notre lit : c'est étrange comme image, tous ces mots rangés dans un petit espace rectangulaire blanc, vingt et un centimètres sur vingt-neuf sept, placé sur un plus grand espace rectangulaire blanc, cent quarante centimètres sur cent quatre-vingts. Et tu seras là, assise sur ce grand espace blanc, sur notre lit, tu seras là avec dans les mains ce petit espace blanc où en noir seront déposés les mots que je suis en train de t'écrire, et tu seras en train de les lire. C'est comme ça que ça aura lieu. C'est comme ça que les deux temps, celui de maintenant, où je t'écris, et celui de maintenant pour toi quand tu me lis, ces deux temps seront réunis en un seul. Et ensuite on se retrouvera.

Tu sais, il n'y a pas très longtemps j'ai enfin compris ce que racontait ce rêve que je fais si souvent, celui avec Michel derrière la vitre et les gens qui rient tellement et moi qui n'entends pas ce qu'il dit.

Ce rêve qui nous réunit tous les trois : toi qui dors paisiblement à côté de moi et j'aime tant entendre ton souffle, cristal de douceur ; Michel dans le rêve, Michel qui fait rire les autres ; et moi qui viens de me réveiller et qui, donc, finis enfin par comprendre : ce n'est pas que je ne suis pas assez drôle, c'est simplement que je ne pourrai jamais être de l'autre côté de la vitre, puisque Michel est mort. Je ne pourrai jamais être à côté de lui, et rire. Et je ne pourrai jamais non plus le faire rire. Je ne pourrai que revivre, éternellement, ce cauchemar : nous ne rirons jamais ensemble.

Ce cauchemar qui me hante depuis si longtemps. Depuis avant même notre rencontre.

Ce cauchemar que je voudrais ne plus faire. Mais comment ?

Sauras-tu me dire comment ?

*

Maxence,

À mon tour d'écrire. De t'écrire. De te répondre. De tenter de trouver une façon de te dire ce qu'il faudrait te dire pour que nous puissions avancer. Tourner une page.

Moi aussi tu vois je préfère la forme écrite. Je pourrais dire que c'est parce que tu as commencé. Je pourrais dire aussi que c'est plus facile de t'écrire une lettre : plus facile pour moi, pour bien peser les mots ; plus facile pour toi, pour que tu puisses la relire si besoin est – comme une sorte de mode d'emploi de ce que nous devons réussir à faire. Ensemble.

Nous ne pouvons pas vivre avec un fantôme. Le souvenir de Michel est de plus en plus présent dans notre vie. C'est illogique. Le temps normalement efface les souvenirs ; là c'est le contraire :

depuis que nous sommes ensemble mes souvenirs et tes projections nous envahissent.

Michel prend trop de place. Il prend une place qu'il ne devrait pas prendre. Qu'il n'aurait pas voulu se retrouver à prendre. Du moins c'est ce que j'imagine mais après tout peu importe : peu importe ce que lui aurait pensé de ce que nous sommes maintenant, de ce que tu es, de ce que je suis – ce qui compte seulement c'est nous deux, toi et moi.

Ce n'est pas ta faute, pas la mienne non plus : c'est ainsi, nous n'y pouvons rien ni l'un ni l'autre, ça nous est arrivé comme ça, malgré nous ; rien de tout cela n'était prévisible, rien n'était prédestiné. Évidemment si on redétricote toute l'histoire on voit bien les nœuds logiques, les enchaînements, les torsions, les accroches. Mais rien n'a été construit exprès, tout est arrivé par hasards successifs, qui aurait pu imaginer que dans ma vie il y aurait lui, puis toi ?

Sauf que tu n'es pas lui. Tu es toi-même, tu as ton identité, ton passé, notre présent, et notre avenir entre tes mains.

Et nous devons tous les deux fermer une porte. Cette porte. Non pas fermer les volets, comme il disait, comme il faisait ; mais fermer cette porte-là. Tourner cette page.

Il nous faut décider, une véritable fois pour toutes, de laisser Michel à sa place.

Ce n'est pas un spectre qui flotte, ce n'est pas un zombie qui rôde, c'est un être qui a vécu, avec lequel j'ai vécu, avec lequel j'ai formé un *nous* – mais c'est terminé. Maintenant le *nous* c'est nous deux qui le formons. Pas nous trois : nous deux. Toi et moi.

Michel s'est tué – pas de rire. Il s'est tué vraiment, et il n'est plus là. Nous, nous sommes là. Nous habitons le monde, tous les deux. Nous y sommes. Nous sommes.

Tu comprends que c'est parce que nous sommes vivants que nous sommes différents de lui ? Que tu dois arrêter de te demander toujours si tu l'aurais fait rire, si vous auriez pu rire ensemble ; cesser de t'inquiéter de ne pas être aussi drôle que lui. De ne pas être à sa hauteur. Arrêter tout cela : nous devons choisir d'aller de l'avant, en le laissant dans nos souvenirs ; moi dans mes souvenirs mais toi aussi dans les tiens – même si tu ne l'as pas connu *comme être vivant* tu l'as connu comme humoriste et tu as le droit d'avoir de la nostalgie de ce temps-là. De son humour, de sa place dans le monde ; de ce qu'il nous a apporté, de combien il nous a nourris. Mais la nostalgie, elle doit rester rangée à sa place. On ne vit pas avec la nostalgie. On vit dans le présent : avec ceux qui sont là, ceux qui décident de vivre.

Nos souvenirs, il faut les déposer dans un espace symbolique, dans un palais de mémoire où il a une place, une véritable place, mais une place du passé, une place qui n'occupe pas notre espace à nous deux, qui ne soit pas une cape invisible de tristesse qui nous empêcherait de regarder le monde avec une absolue légèreté, avec une joie totale.

Il faut accepter que quelque chose est dépassé. Dépasser une tristesse : c'est vrai qu'elle est étrange cette expression, comme si on faisait la course avec la tristesse et qu'on essayait de la battre, de la prendre de vitesse. Mais ce n'est pas par la vitesse, c'est par la trajectoire qu'on peut la dépasser : la tristesse il faut la laisser sur une route qu'on peut réemprunter de temps en temps, une route qu'on prend pour garder quelque chose de sa mémoire, une route comme une route de campagne, comme un chemin dominical ; pas la route de tous les jours, pas la route principale qui t'amène vers demain avec la certitude que cette route te conduira loin ; pas non plus une impasse sombre, pas une route qui devient chemin qui devient sentier qui devient jungle inextricable qui te garde emprisonné ensanglanté. Non : une petite route à emprunter seulement de temps en temps, pour se souvenir de lui. Avec douceur et sereinement.

Lui, on ne le jugera pas. On n'essaiera pas d'élucider. On ne fera pas ce qu'on fait si souvent avec les vivants, tester toutes les hypothèses, imaginer tous les possibles : pour celui qui a décidé de partir il n'y a plus d'hypothèses à évaluer. Je sais qu'on a beaucoup de force avec nos deux cerveaux réunis, mais on n'a pas la force de faire revivre ceux qui ne sont plus là. Alors on vit dans notre temps. On vit notre temps.

On le laisse, lui, à sa place. Et on occupe la nôtre.

Il n'est plus dans la vie. Nous, nous sommes là. Tu comprends ? Est-ce que tu me comprends, Maxence ?

*

Oui, tournons la page.

5

Marcia et Maxence

Vous êtes ensemble ? C'est idiot, comme question : c'est une évidence – il y a quelque chose dans vos regards à tous les deux de vraiment particulier, quelque chose chez chacun qui répond spécifiquement à l'autre ; et à personne d'autre. Ça ne fait pas de doute : vous êtes ensemble, pour de vrai, dans la vraie vie, pas seulement pour cette soirée, pas seulement pour les photographes, pas seulement pour les hashtags. Vous repartirez tout à l'heure, tous les deux, ensemble, tranquillement. Vous avez de la chance.

Vous, Max, vous êtes très connu ; comment ne pas être fan ? Comment est-ce que quelqu'un qui se lance comme humoriste pourrait ne pas s'intéresser à ce que vous faites, à la façon dont vous avez construit votre carrière ? À votre façon de participer au système sans y être tout à fait ; cette manière de vous confronter au monde dans une tension permanente – sauf que, pour qui veut faire attention, cette tension raconte surtout que vous voulez aider le monde. Vous voulez aimer le monde, même si celui-ci ne le comprend pas forcément. Ça fait de vous quelqu'un d'important. Même si ça ne doit pas toujours être facile, pour vous, d'être à cette place. D'être Max.

Maxence ? Oui : d'être Maxence. Maxence qui joue le rôle de Max.

Et vous ? Vous, Marcia, bien sûr. Bien sûr que vous êtes connue aussi, comment est-ce que quelqu'un qui se lance comme humoriste pourrait ne pas vous connaître, vos livres sont passionnants, là il vaut mieux ne pas dire « fan » parce que ça sonnerait bizarre, ce serait ridicule d'être « fan » d'une universitaire, mais votre travail est très fort. Très enrichissant. Pour qui entre dans cette carrière il est crucial de comprendre les mécanismes du rire. Pourquoi rit-on ? Pourquoi a-t-on besoin de rire ? Qu'est-ce qui est drôle, où, quand, comment ? Heureusement que vous êtes là, Marcia. Pour nous le dire.

Vous avez bien cinq minutes à partager ? Une petite place là, sur cette banquette ? Seulement cinq minutes, pas de quoi flinguer votre soirée, de toute façon vu ce que vous avez enduré, cette ambiance sinistre, cette cérémonie de remise de prix interminable et franchement pathétique, ça ne pourra pas être pire. Sauf votre discours bien sûr Maxence, votre méchanceté réjouissante, c'était important de dire tout le mal que vous pensiez de ces demi-comiques, ces demi-habiles, ces demi-stars qui prennent beaucoup de place médiatique mais n'ont pas beaucoup de relief. Seront vite oubliés. Vous non. Vous : tous les deux. On peut le parier. Moi, je le parie. De toute façon, qu'est-ce qu'il y a à perdre ? C'est un genre de pari pascalien : si vous restez dans l'Histoire, c'est que le temps qui passe aura eu bon goût, alors tout le monde y aura gagné. Si la postérité vous oublie, c'est que la société aura mal tourné : à quoi bon en faire partie ? À quoi bon rester rembourser ce pari perdu ?

Parler aux inconnus, c'est quelque chose d'important, c'est une pratique essentielle pour se préparer au stand-up, pour tester sa capacité à improviser, à inventer ; à interagir. Vous n'avez jamais écrit Marcia sur le fait qu'humoriste c'est un métier qui ressemble à médium ? On a besoin d'entrer en résonance avec les gens, de les comprendre, de pénétrer dans leurs cerveaux, pour les faire rire. Il est nécessaire de s'entraîner. Et c'est mieux encore de s'entraîner avec des spécimens très particuliers. Très très particuliers. Comme vous.

Vous êtes ensemble et il y a une forme d'éternité devant vous : ça aussi c'est beau. Vous n'êtes pas qu'un couple, pas que deux personnes qui se sont mises ensemble parce que pourquoi pas. Vous avez fait le choix d'avancer ensemble dans le grand jeu de la vraie vie – sauf que ce n'est pas un roman, ce n'est pas écrit à l'avance, c'est une histoire qui va se dérouler petit à petit, qui n'a pas de terme prévu, qui aura un terme mais impossible de savoir quand. Vous ne savez pas quand ; vous ne saurez jamais quand. Et ça, ce n'est pas rien : cela implique que vous ne savez pas où se trouve le bout du chemin. La fin de la vie. Bien sûr que c'est la même chose pour tout le monde – mais tout le monde ne s'en inquiète pas de la même façon. Tout le monde n'a pas besoin de surmonter l'inquiétude de ne pas savoir précisément de quoi sera fait son avenir. Beaucoup de personnes ont la chance de savoir comment s'adapter à une arche donnée clés en main, une histoire classique qui parle de vivre puis un jour mourir, de se lever tous les matins et de se coucher tous les soirs sans en avoir l'effroi.

Beaucoup de personnes, mais pas toutes.

Pas vous deux.

Si vous acceptez d'ajouter la personne qui vous parle à cette énumération, cela fait trois personnes.

Mais, donc. Chaque matin quand vous ouvrirez les yeux vous verrez l'autre, vous serez deux, vous serez heureux d'être ensemble, de vous aimer, de vivre ensemble, de baiser ensemble, de rire ensemble. Oui. Mais vous devrez aussi apprendre à apprivoiser le temps qui passe, vous devrez savoir comment vous aimer toujours après les premiers temps de la passion, vous devrez construire un état d'intensité permanente sans vous perdre chacun ni perdre l'autre.

Il y aura des incompréhensions, des doutes, des peurs. Certaines peurs, vous en parlerez ensemble – mais d'autres resteront tapies au fond de la partie secrète du cerveau qui accueille les angoisses. Ce qu'il faut, c'est que ce que vous n'arriverez pas à vous dire ne l'emporte jamais sur ce que vous arriverez à vous dire. Ce n'est pas si facile ; vous le savez, n'est-ce pas ?

Vous le savez.

Vous n'aurez pas d'enfants. Vous auriez voulu, sans doute, mais c'est trop tard, vous auriez dû vous rencontrer plus tôt mais ça n'est pas arrivé, même un médium ne peut revivre les événements différemment de la façon dont ils se sont déroulés, ne peut modifier le cours du temps. Réécrire autrement sa propre vie.

Vous devrez apprendre à construire votre vie sans enfants, sans vous préoccuper d'éduquer, de transmettre, sans vous inquiéter tous les matins, tous les soirs, mon enfant sera-t-il vivant au réveil, mon enfant sera-t-il encore là ce soir, vous devrez apprendre à être toujours dans un tête-à-tête de deux adultes dont aucun des deux n'a physiologiquement besoin de l'autre, vous ne vivrez pas cette vie de parents qui décentre sa propre nécessité, ses propres besoins – vous devrez être dans une vigilance extrême de ce que cette écrasante solitude donne comme poids tout autant qu'elle offre de liberté, vous devrez vous souvenir que rien ne veut pas dire simple, que l'absence est une limite tout comme la présence, que ce sont d'autres enjeux simplement. Mais il n'y a pas de vie simple, vous ne le savez que trop.

Vous vieillirez ensemble. Vous verrez vos corps muter, se transformer petit à petit mais de manière tellement inéluctable que cela vous écrasera d'angoisse parfois, voir votre peau se craqueler, des petits croisillons apparaître, vos visages perdre en précision, des lignes s'ajouter partout, vos muscles se ramollir, vos cheveux faiblir ; c'est sur vous-mêmes que vous verrez le temps se dérouler, vous serez un marqueur chronologique, vous ne serez plus seulement un présent, vous serez aussi un long souvenir d'un passé qu'à un moment vous serez presque les seuls à avoir connu. Sauf coup du destin, il y aura un temps où vous serez les plus vieux de votre monde. Les quelques années de différence entre vous deux ne seront alors qu'une poussière dans l'immensité de votre vieillesse.

Vous aurez peur de vieillir : encore une évidence. Vous détesterez cela. Mais vous n'y pourrez rien, jamais ; des trucs visuels vous pourrez toujours en sortir de votre manche, mais vous ne pourrez pas oublier que les années s'accumulent et que jamais on ne revient en arrière, jamais on ne vivra le propre après le brouillon, jamais on n'aura une deuxième chance. Ce sera toujours, éternellement, à chaque moment, votre seule et unique chance : comment être sûr de ne pas la gaspiller ?

Mais il y a autre chose. Vous n'échapperez pas à ce qui frappe le monde, vous serez comme tous les Français, comme tous les Européens, comme tous les habitants de la planète Terre, un peu étouffés par la dépression qui rôde, le sentiment d'une fin du monde, l'idée qu'il est interdit d'être heureux car tout va mal, nous avons détruit la planète et celle-ci va finir par nous tuer, mais elle ne va pas nous *tuer de rire*, elle nous tue à petit feu de tristesse, nous oublions d'être joyeux, nous ne rions pas assez, nous laissons les peurs macro et micro prendre la majorité de notre espace mental disponible. Pour qui entame une vie dédiée à faire rire, ce n'est pas le plus facile, c'est certain. Écrire un spectacle en l'an 2000, c'était plus simple, évidemment.

Vous deux, saurez-vous rire toujours ? Aurez-vous toujours en tête ce chiffre qui est dans un de vos livres, Marcia, ce chiffre qui dit que chaque jour un enfant rit en moyenne trois cents fois alors qu'un adulte pas plus de cinq ou six fois – chacun de vous deux, vous riez évidemment plus que les autres adultes, mais est-ce tout de même assez ?

Maxence, saurez-vous continuer à écrire des sketchs absolument nécessaires ? Arriverez-vous à écrire votre spectacle sur *rien*, qui fera rire par la seule force de son humour ? Avec vos armes de l'insolence, de l'impudence, saurez-vous sauver le monde ?

Marcia, parviendrez-vous à partager l'idée que le rire est le meilleur des remèdes, pas seulement pour la société en général mais aussi dans les hôpitaux, dans les prisons, dans les écoles, les collèges et les lycées ? Avec votre intelligence analytique, avec votre puissance empathique, saurez-vous sauver le monde ?

De vos savoir-faire croisés saurez-vous regonfler un monde à plat, rendre des couleurs à un pays sinistré, redonner espoir à un peuple déprimé ? Ce serait bien. Comme ce serait bien.

À moins que ce ne soit tout le contraire. Peut-être faudrait-il que vous changiez radicalement de vie, peut-être que vous Maxence vous vous détournerez de votre besoin d'une salle qui rit, qui réagit à vos mots, peut-être que vous Marcia vous ne chercherez plus à être validée par vos pairs ; peut-être qu'ensemble vous saurez ne plus avoir besoin de cela pour vous sentir forts, vous sentir en vie, peut-être que vous déciderez de renoncer à ces constructions sociales ? Choisirez-vous le refus de parvenir ? Choisirez-vous de vous retirer, l'un comme l'autre, dans une intériorité dépouillée, lire, écrire, mais sans produire ni livres, ni articles, ni spectacles, ni chroniques ; écouter le vent qui souffle et s'en contenter ?

C'est un tel dilemme, pour vous, pour moi aussi : savoir si l'on doit penser à soi ou à sauver le monde. Puisque des êtres humains, un peu partout, un peu tout le temps, ont été capables de sacrifier leur propre vie au nom d'un idéal, pourquoi à votre tour ne pas gâcher un peu de votre temps pour résister simplement à un monde rabougri ? Mais résister, est-ce que ce n'est pas d'abord rester vivant ? Rester droit dans sa tête ? Et pour vous deux c'est quoi être le plus en vie possible ? Est-ce en faire trop, ou pas assez ? Est-ce se mettre en avant ou se mettre en retrait ? Marcia, être vraiment *là* ce serait quoi ? Maxence, être apaisé sans être rangé ça serait comment ?

Ces questions, celles-ci et toutes les autres, toutes celles sur le temps qui passe, sur l'amour la vieillesse la liberté la solitude la légèreté l'intensité la peur de mourir, vous aurez le temps de vous les poser. Rien ne presse. Mais vous devrez le faire avec application, sans faire comme s'il suffisait de détourner le regard pour qu'un problème disparaisse. Le faire sans désinvolture mais sans non plus vous détruire à chercher éternellement la meilleure solution possible : vous devrez chercher la moins pire, vous devrez réussir à articuler votre désir de perfection avec la matière humaine qui est si violemment imparfaite – mais vous n'avez pas d'autre choix parce que c'est votre matière. Un médium reste un humain.

Vous devrez toujours demeurer attentifs à tout cela.

Vous le ferez, n'est-ce pas ?

De toute façon, il n'y a pas d'autre choix que de vous faire confiance.

Vous trouvez sans doute que c'était un peu sentencieux tout cela. C'est vrai. Mais il fallait bien que quelqu'un vous le dise. Vous parle. Vous n'avez pas l'ensemble des clés, à vous deux. Vous en avez beaucoup, mais pas toutes.

Et puis c'était bien de pouvoir se dire les choses comme ça. De prendre un peu de temps pour penser à votre avenir. Oui, c'était peut-être un peu plus que cinq minutes, mais ça n'arrive qu'une seule fois dans une vie.

On ne se reverra pas. Il faut se garder de ses inclinations, construire sa route sans trop regarder celle déjà écrite par d'autres, surtout si on a de l'admiration pour eux. Ça ne vaut pas seulement pour vous.

Alors salut.

Ah, une dernière chose : est-ce que ce n'est pas vertigineux de penser que votre avenir sera, un jour, du passé ?

6

Toutes les personnes

Ils peuplèrent la Terre. Ils furent la grâce et la puissance, l'intelligence et la balourdise, l'invention et la négation, la création et l'extermination, la vitesse et la lâcheté, la raideur et la joie.

Ils furent l'humanité.

Ils existèrent pendant plusieurs milliers d'années.

Individuellement, ils vécurent plutôt quelques dizaines d'années. Mais c'est le problème de la moyenne : ça écrase le réel. Certains vécurent très longtemps, d'autres si peu. Rien ne fut vraiment distribué harmonieusement. Des êtres pleins de douceur furent fauchés dans leur enfance, d'autres emmenèrent leur raideur jusqu'à dépasser un siècle.

Ils s'installèrent dans des zones tempérées de préférence, mais aussi dans des endroits trop secs, ou trop humides, ou agités de tant d'ouragans, de cyclones, de séismes. Ils choisirent sans réelle logique, parfois ce fut beau et mal pratique, parfois ce fut pratique et sans charme.

Ils ne firent jamais les choses vraiment intelligemment ; mais jamais stupidement non plus. Ils conçurent, tous ensemble, une normalité. Une norme. C'est l'histoire de la masse : elle a raison par principe (c'est la masse).

Les décisions qu'ils prirent furent impressionnantes, brillantes, effarantes, aberrantes ; il y eut des tendances, des sous-groupes, des oppositions, des résistances, mais il y eut majoritairement un chemin qui emmena l'humanité dans une direction.

Ils conçurent un récit collectif qui fonctionna pour à peu près tout le monde : à peu près tout le monde qui fut d'accord pour prendre une place précise à une époque donnée ; quelques soubresauts rebattirent les cartes à certains moments, mais rares furent parmi les humains ceux qui refusèrent réellement le récit linéaire de la vie.

Parmi ceux-là Marcia et Maxence ; qui vécurent au tournant du deuxième millénaire.

Toutes les personnes qui naquirent avant leur rencontre : 108 milliards.

Toutes les personnes qui vécurent en même temps qu'eux : 8 milliards.

Toutes les personnes qu'ils connurent : quelques centaines.

Avec ces personnes-ci, ils durent composer. Ils durent trouver des façons de s'insérer dans cet ensemble nommé la société. La société de leur temps.

Ils cherchèrent : ce n'était pas si simple. Ils se sentirent à part, ils furent effrayés parfois par leur peu de ressemblances avec les autres. Parfois ça passa en douceur. Parfois ce fut affreux.

Ils durent, tous les deux, ensemble, accepter de trouver une place à la fois dans le monde et à la fois ailleurs.

Ils inventèrent mille façons de faire, et de ne pas faire. Ils surent dire non à des dîners inutiles, à des cafés mous ; ils surent dire oui à des routines familiales car ils ne pouvaient pas couper les ponts avec tout le monde ; ils choisirent d'habiter dans des endroits pas trop accessibles, ils choisirent de mettre des continents ou des océans entre leur entourage et eux pour s'offrir le droit à la solitude sans paraître trop distants. Ils voulurent prêter attention aux autres ; mais ensemble ils surent faire plus attention à eux-mêmes encore qu'aux autres. Et, dès lors qu'ils l'eurent décidé, Michel ne fut plus pour eux qu'un souvenir à sa juste place : juste un souvenir.

Et puis. Chacun d'eux deux sut, dans le temps de leur présent, appliquer cette maxime qui n'était pas d'eux mais à laquelle ils ne cessèrent de croire : aimer ce que je suis, aimer ce que tu es ; en somme, aimer ce que nous sommes.

Ensemble, ils ne s'ennuyèrent jamais.

Toutes les personnes qu'ils furent l'un pour l'autre : suffirent à nourrir leur vie.

*

Je vous parle d'un temps qui est à la fois le nôtre et un autre, un temps que nous partageons et un temps complètement différent qui n'appartient qu'à moi ; à vous lorsque vous êtes en train de me lire.

Je vous parle d'un temps qui n'a jamais réellement existé ; mais Marcia et Maxence ont bien existé : puisque vous avez lu leur histoire.

D'eux demeurent seuls les mots et les souvenirs.

Et mon rôle est de les garder. Garder leurs mots et leurs souvenirs. Je suis le gardien de leur souvenir. C'est cela, un livre. Rien d'autre que cela.

Marcia et Maxence vécurent longtemps, ils n'eurent pas d'enfants.

Et, tiens, puisque maintenant tout cela est derrière nous, je peux vous le dire : ils furent heureux jusqu'à la fin.

Toutes les personnes pour le dire.

décembre 2020
octobre 2021-février 2022
octobre 2022

Table

1. Maxence 9
2. Marcia 39
3. Michel 81
4. Maxence, Michel, Marcia 119
5. Marcia et Maxence 137
6. Toutes les personnes 149

Cet ouvrage a été composé
par Nord Compo
et achevé d'imprimer en février 2023
par l'imprimerie Bussière à Saint-Amand-Montrond (18)
pour le compte des Éditions Stock
21, rue du Montparnasse, 75006 Paris

PAPIER À BASE DE FIBRES CERTIFIÉES

Stock s'engage pour l'environnement en réduisant l'empreinte carbone de ses livres. Celle de cet exemplaire est de :
450 g éq. CO_2
Rendez-vous sur www.editions-stock-durable.fr

Imprimé en France

Dépôt légal : mars 2023
N° d'édition : 01 – N° d'impression : 2070217
67-51-0534/01